永若晴 著

鐵人1.5

鐵人 1.5
作者／永若晴
責任編輯／卓希雪
美術設計／邵清
插圖／ Loku
出版發行／突破出版社
香港沙田亞公角山路 33 號突破青年村
電話：2632 0000　傳真：2632 0388
電郵：breakthrough@breakthrough.org.hk
網址：http://www.breakthrough.org.hk
http://www.btproduct.com
承印／海洋印務
2024 年 11 月初版 1 刷

One Half
by Wing Yuek Ching
First Printing, First Edition, November 2024

Printed in Hong Kong
ISBN 978-988-8846-14-6

成長文學

目錄

推薦序一

劉峻崚

前香港三項鐵人隊運動員

香港三項鐵人隊教練

「呢個係你嘅選擇，我會尊重你任何決定！」

曾經，我們為爭取東京殘奧入場券奮鬥了一段頗長的時間。雖然結果事與願違，但卻贏得了一份熱血和獨一無二的回憶。

香港歷史上只有一位視障三項鐵人運動員，三年前，他因眼睛狀況以及個人理由，作出了退役的決定，香港傷健三項鐵人隊隨即解散。身為他的領航員，回想起過往訓練和比賽的所見所聞，至今仍歷歷在目。

這段經歷令我急速成長，亦令我體會到擔當領航員與擔當運動員的角色截然不同。首先，你要接受自己並不是比賽場上的主角，要成就他人，協助你的運動員有出色的表現以及安全完成比賽。另外，除了要配備一定的體能和技術，耐性及情緒管理亦缺一不可。擔當領航員最大的難處就是在保持高水平發揮的同時，能夠給予運動員足夠安全感，讓他感到被信任，敢於挑戰自我，超越極限。

我一邊讀《鐵人 1.5》，一邊想起我當運動員及領航員時的一點一滴。希望這本書能夠啟發更多人，無論是運動員還是普通讀者，勇敢地去追尋自己的夢想，並在這條旅途中與他人攜手同行。

現在，我們都有各自的生活，繼續為自己堅持的事情打拚。雖然大家的目標不同，但過往並肩作戰的經驗，仍支持着我們繼續前進。

推薦序二

小説家／獨立出版人 **望日**

大約一年半前，在機緣巧合下，我從幾乎不會運動逐漸建立跑步的習慣，到後來開始參加了半程馬拉松，今年年初更完成了人生的首場全程馬拉松。每次踩踏到活動路線上都會遇到不同的風景、不同的跑者，參加體驗不盡相同，但幾乎每一次我的注意力都會被賽道上的某種人吸引——領跑員。雖然從他們背心上「領跑員」這幾個字以及他們手上牽引着另一位跑者的繩子，我已大致猜到他們的任務就是協助視障人士參與馬拉松，但好奇的我還是會有很多疑問，例如：什麼人可以當領跑員？領跑員一定要比視障運動員厲害嗎？那領跑員為什麼不自己跑？我自問只是業餘跑者，所以在我視線範圍內看到的應該都是業餘視障跑者與領跑員；如果這些問題引伸到專業運動員，似乎會更為複雜。最近得悉永若晴要寫一部關於視障三項鐵人運動員的小說《鐵人 1.5》，我看過內容後，就二話不說答應撰寫推薦序，而我不少的疑問都能在這部作品中找到答案。

《鐵人 1.5》是一部關於視障運動員黃逸淙與領航員龔茂泉一起挑戰三項鐵人的運動小說。逸淙因為眼疾導致左眼失明、右眼視力只餘下三成。他沒有放棄，仍想繼續參賽，甚至希望有一天能代表香港出戰奧運。但在這之前，他得找到領航員。三項鐵人比馬拉松複雜，除了路跑部分外，領航員也要協助游泳及單車項目。逸淙這時意外地遇上茂泉，卻差點打起來，可說是不打不相識。後續的故事內容更加精彩，我就不爆雷了，留待大家自行欣賞。

《鐵人 1.5》令我喜愛的其中一個原因是它夠真實，永若晴筆下的小說角色都有血有肉，不會像坊間某些運動作品只集中強調熱血及有志者事竟成，卻有一種「離地」感。本書的角色在追夢過程中，不但需要克服練習與比賽上的困難，也要面對生計和家庭問題，甚至要去尋找旅費參賽，切切實實地反映香港運動員的日常狀況。本作雖然涉及較為冷門的三項鐵人運動，但小說內不會出現大量艱澀的術語與規則。小說情節推進快速，各種衝突紛至沓來。喜愛體育運動的讀者固然會迅速投入劇情，即使對運動不特別雀躍的相信也會有強烈的追看意欲，希望得知這對搭檔的命運。

香港運動員在最近兩屆奧運都獲得驕人的成績，且香港也有一直派出選手出戰奧運三項鐵人賽，我覺得這是《鐵人1.5》出版的好時機，讓讀者可以多了解這項運動和身障運動員面對的挑戰。我在此衷心推薦《鐵人1.5》給大家，也期待永若晴會續寫逸淙與茂泉的故事，讓大家看到他們在東京奧運的詳細表現以及在其他比賽中發光發亮。

二零二四年十月十六日

STEP 0

夜海

漆黑的海總是冰冷。

水花飛濺，隨着快艇破浪的起伏，偶爾沾濕他掌舵的右臂。汗珠乘風離去，遺下了鹽。鹽佔據了皮膚，引擎掩沒了寧靜，皎月侵蝕了夜空。

「抱歉，這麼重要的日子也要麻煩你。」身後穿筆挺西裝的那人呼出一縷白煙，趁着沒誰留意，隨手擲出指間的星火。

「豐，別這麼客氣，我們相識也差不多三十年了。生日每年都有，大不了就遲點慶祝。」他暗暗把油門手柄推得更深。「兄弟都開口了，我又怎能『托手踭』呢？」

「但今天是你寶貝兒子的生日。」豐嘴角上揚，摸着下巴問道：「你會不會覺得自己有時太過好人了？」

「是嗎？」濃眉大眼的他帶着笑意反問。

「對了，你覺得自己做過最壞的事是什麼？」

「向老婆撒謊吧。」他沉思數秒後答道。

「沒想過像你這般『擔屎唔偷食』的人，也會犯下全天下男人都會犯的錯。」豐冷笑一聲，輕輕把手搭在他的肩膊上。

「其實就這麼一次。在她生日那天，那天我說要加班……」他連忙解釋，卻被豐劚亂歌柄。

「想不到你連偷食也要『擇日』。」豐以尖鋭的聲線調侃。

「你誤會了。我只是準備驚喜，小騫當時收到婚戒也很滿足。」

「這並不算壞事。」豐白眼一反，迅速將手從他身上移開。「我指的不是普通的壞事或過失，而是本質上邪惡的事。」

「本質上邪惡的事……」他在腦內盡可能搜索符合條件的記憶，卻是沒有任何頭緒。「例如呢？」

豐再度冷笑，沒有給予任何回答，只是直直盯着前方。

而他也沒有追問，任由海風吹散垂肩秀髮，輕輕拂弄耳珠。

船繼續往西北行駛，朝着海岸的一排燈光進發。

豐很少拜託人，所以當豐突然跟他說要借船出海，他想都沒想就答應了。豐經營一些小生意，送貨偶爾要親力親為，這幾年搞得風山水起，生活水平一下子提升了好幾個層次。豐從海邊棚屋搬到四層大宅，用作吞雲吐霧的由走私香煙變成古巴雪茄，配戴於手腕的勞力士卻從真貨換成贗品。

豐說，沒必要為無法親自享受的東西浪費金錢。豐曾經邀請過他加入，但他始終覺得自己不是做生意的材料，最後還是選擇了繼承家族的漁業。

「把燈關掉。」豐突然臉色一沉，命令似的說道。

「怎麼了？」他疑惑地望着豐。但在豐回應之前，他已依照吩咐把燈熄滅。

他一時看不清豐的臉龐，只聽到他聲線顫抖：「我好像看到水警。」不遠處，交替地閃亮的紅藍光吸引了兩人的視線。

「他們查一查也用不了多久，應該不會遲到的。我們送的也不過是花膠、魚肚、鹹魚……」他冷靜地回答。

「我們快點，不，還是慢點……慢慢掉頭吧。」豐結結巴巴地低聲說：「我明明已決定是最後一次……」

「什麼最後一次？」

豐沒有解釋，用力把他推開，差點失平衡的他勉強抓住船邊，回頭一看，只見豐已搶去舵輪操作。

快艇在豐的驅動下迅速改變了航向，嘗試沒入黑暗之際，卻被一束強光捕捉，曝露了位置。長鳴的警號愈來愈近，即使他對現狀摸不着頭腦，也能意識到自己正身陷險境。

「我們是香港水警，前方的快艇請停止移動。重複，前方的快艇請停止移動。」

透過揚聲器呼喊的警告化成助燃劑，豐慌張地左顧右盼，不斷加速，不斷轉向，卻還是未能擺脫射燈的追捕。

他站在一旁不懂反應，只覺如此狼狽的豐很陌生。

驀然一聲巨響，不知是撞上了礁石或是別的船隻，兩人被拋起跌入水中，在漆黑與冰冷的海中失去了意識。

明月的倒影變得支離破碎，片刻後卻又再次重組起來，隨着波浪皺褶蕩漾。

STEP 1

蜜蜂

踏實的觸感經由腳尖傳遍全身，跨出的每一步穩健又強而有力。身體隨着氧氣注入肺部變得輕盈，驅使雙臂自然地擺動，規律得似機械卻充滿生命力。風的呼嘯為深夜歌單提供特殊的混音效果，熟悉的節奏讓人不想停下腳步。

自從耳鳴變得持續不斷，黃逸淙就再也沒有用過抗噪耳機。因為即使隔絕了鬧市的喧嘩，也只會令寄居耳蝸的蜜蜂變得更煩厭，拍翼聲般的嗡嗡作響，會打斷暢順的呼吸。

蜜蜂與逸淙，能夠飛翔的只有其中之一。

骨導式耳機的另一好處，就是旁人會誤以為你聽不見。這不至於讓你知曉什麼通天大秘密，但有時卻會讓你掌握類似秘密的有趣東西——當別人與你談話時，你可以假裝沒聽到，假若他不願意重複一遍，你就好像有了一種特別的優勢，忽然多了一個不是源於你卻又只屬於你的秘密。

逸淙最愛在凌晨時分奔馳，一來途人較少，二來可以盡情地聽歌，甚或哼歌。

「嗶——」

示意休息的音效響起，逸淙的腳步漸漸放緩，慢跑片刻後轉為急步行。他張開口，盡情地攝取氧氣，把凌亂的瀏海往上抓，掀起衞衣抹走前額的汗。當耳邊播放心儀的旋律時，逸淙偶爾會做做嘴形，算是在恢復體力與深宵演唱間找個平衡。

——還有兩個八百米就完成今天的間歇跑訓練。

休息的時間總是過得特別快。虛擬教練以熟悉又溫柔的聲線開始十秒倒數，僅餘五秒時逸淙果斷掉頭，他不喜歡在衝刺時轉彎。

「3……2……1……GO！」

起步後，逸淙像啟動了某種開關似的進入了另一模式，墨鏡下的雙眼盯緊前方，輕鬆自若地抬頭挺胸，筆直的軀幹支撐着全身肌肉，來自腳掌的衝擊被柔軟的小腿吸收，再轉化成源源不絕的動力。

可能是中午下過一場大雨的關係，今夜的天氣特別清涼，海風夾雜着青澀的氣味，為快要沸騰的皮膚降溫。感覺狀態絕佳的逸淙再度提高步頻，希望可以造出新的衝刺紀錄。

跑了大約四百米，大腿開始變得沉重，右腹隱隱作痛在投訴，逸淙的臉上閃過一刹扭曲，旋即有意識地使勁揮臂，強忍着下肢的痠軟，努力維持着速度。

——不可以讓前半段的汗水白流。堅持多十秒。

他在心中默默倒數。

——再堅持多十秒。

每當疲憊得想要放棄的時候，逸淙總會以十秒為一個單位倒數，他覺得，堅持六個十秒比堅持一分鐘容易得多。

——快要到了。

突然，逸淙像是撞到了一道堅硬的牆壁，立時失去平衡地仆倒在地。雙手與膝蓋都火燙得發麻，強烈的衝擊讓他頭昏腦脹，胸口的鬱悶無處釋放，呼吸急促得快要窒息。耳邊不再是聽慣的樂曲，半月形的耳機應該早已飛脫，但兩側卻在轟轟作響，像是住進了一個蜂巢。

逸淙不知道天上有沒有星星，但可以肯定圍着自己的頭旋轉的星星不止一顆，假若他是活在動漫的世界裏。

「喂！你跑步怎麼不帶眼的。」

陌生男子的呼喝把逸淙從幻想拉回現實。

「對不起，我是不是撞到你了？」逸淙一邊爬起來一邊道歉。他很快把手腳的關節都活動一遍，慶幸所受的只是皮外傷。

「你還好意思裝傻？除了你之外還可能是誰？」

「對不起，撞到你確實是我的問題。」逸淙彎腰鞠躬時仍有點上氣不接下氣。

「你這個人真的很沒禮貌，連鞠躬道歉也要故意對着錯的方向。」那人雙手抱胸怨道。

逸淙這才意識到自己衷心的道歉反而激怒了對方，不禁歎一口氣，趕忙脫下墨鏡，儘量捕捉那人的輪廓。

昏暗街燈下，只見一件白色背心懸在半空。

其餘的他都看不清楚了。

「對不起，」逸淙連續道歉了三次。「其實我的視力不太好，在夜間幾乎完全失明。」

「這並不好笑……」那人聽到這句狡辯，差點忍不住揮拳，直至他被一對歪斜的眼球嚇得目瞪口呆。

街道上的行人戴着各種樣式的口罩，有不同顏色以及像彩虹一樣的口罩，有印上品牌圖案甚或卡通人物的口罩，有些口罩的外型像是鴨嘴，有些人直接戴上防毒面具。

雖然看不見別人的臉孔，但他們的嘲笑彷彿藏在口罩背後。瞬間掠過的眼神都帶着不屑，像是望到厭惡之物時不想多加停留，例如無業遊民。

龔茂泉盯着地板走近輕鐵月台，率先響起的不是列車進站的警號，而是他凹陷的肚皮。他抬頭一望，時鐘標示着十一時二十分，但他還沒吃晚飯。自新冠疫情於年初爆發，茂泉的工作機會及生存空間便日漸減少。學歷不高的他，多年來都是以體力勞動來養家糊口，交替做着地盤、送貨、倉務等粗活，多勞多得。半年前被快遞公司辭退後，茂泉輾轉做過幾份散工，但炒散的收入始終不穩定，好不容易找到水吧的兼職，卻因為數天前的全面禁堂食而再次失業。四處奔波求職沒有回音，茂泉現在身上分文不剩。

他可以捱餓，但母親的肚一天都不能等。茂泉連續數天都是吃麵包，最後一片白麵包在今日已經吃完，回家只能靠自己雙腿。一切都是為了母親，為了省錢購買透析液和消毒用品，因為長期腎病的母親每天都要洗肚。

要試試走到巴士站向正在排隊的人借錢嗎？但茂泉明明就已經被這類騙徒欺詐過不止一次。要試試賣藝或行乞嗎？但茂泉又怕會撞到認識的人，雖然這或許是他此刻最需要的。

躊躇之際，一列輕鐵駛進車站，茂泉看到有人跑到月台再走入車廂，但那人並沒有拍卡入閘。

——除了我以外，根本沒有人在意那人有沒有拍卡。或許，可能我不拍卡入閘也不會被人發現。

「嘟——」

聽到其他人拍卡入閘的聲音，茂泉猛力地搖頭。

茂泉不明白，明明他沒做過什麼壞事，每次遇到賣旗的人也不會拒絕，向來奉公守法，即使趕時間也不會衝紅燈過馬路，為何現在會落得山窮水盡的下場？既然好人也沒有好報，那不如做一次壞人吧。

輕鐵再次駛進月台，茂泉沿着斜路走上去，經過入閘機也不作停留。幕門打開，他跟着其他人站進車廂，偷偷地用眼角瞟左瞄右，只見眾人都低頭看着手機，根本沒人留意有誰踏進這個空間，更遑論在乎別人有沒有拍卡。

——成功了。

片刻之後，關門的聲音響起，幕門完全關上之前卻被一隻破舊的帆布鞋撐開。

茂泉還是選擇踏回月台。他決定了，即使沒人看見，也不要做個壞人。因為壞事無論有沒有被看到都是壞事。

一陣柔和晚風吹過，茂泉閉上雙眼，讓皮膚感受風的輕撫，讓煩惱隨風消散。再次睜開眼時，心情好像舒暢了一點。

茂泉走到附近的屋苑，走進空無一人的茶餐廳。

「請問還在營業嗎？」

「對不起，我們已經打烊了。」叼住半枝煙的老闆娘答道。

「那就好了，請問你們欠人洗碗嗎？我看到外面貼着招聘廣告。」

「什麼時候可以開工？」

「我只做今晚，可以嗎？」茂泉雙手合十地點頭拜託。

「一小時五十元。」老闆娘舉起五隻手指。

「但明明寫着一小時六十元……」茂泉眉頭微皺又再鬆開。「好吧，五十元應該也足夠。」

放棄討價還價的他，默然走到後巷，戴上矽膠手套，坐在殘舊的矮椅上，開始瓦解堆疊如山的碗碟。不用三十分鐘，茂泉已經清潔了超過一半的餐具，他有想過放慢手腳，但覺得這樣的行為像是瞞騙，不可以為了賺取多一個小時的薪金而不認真工作，結果反而加快了速度。

所以，當老闆娘從收銀機拿出「紅衫魚」時，茂泉不肯收下鈔票。

「這不對吧？我只工作了一小時。」

「你洗碗洗了一小時多幾分鐘。不足一小時亦作一小時計算。就像泊車一樣。而且，那其實要兩小時才能完成的數量。」老闆娘強行把一百元紙幣塞給茂泉，指住枱面上的一碟飯。「對了，你的浪漫在那邊。」

「什麼浪漫？」茂泉一臉迷茫。

「男人的浪漫，豆腐火腩飯。」老闆娘驚訝地說。「年輕人，你竟然沒聽過這篇潮文？連我這個中年大嬸也知道。」

在老闆娘重複的勸誘下，茂泉終於願意拿起匙羹。火腩硬得幾乎嚼不動，豆腐油膩又淡然無味，但茂泉的手卻停不下來，迅速便把整碟飯吃得一乾二淨。他心想，男人的浪漫原來是指這種莫名的溫暖。

茂泉把口罩扣在下巴，再次抬頭，月亮已經不見了。他慢慢走向碼頭，打算找個地方稍作歇息，待明早有頭班車的時候再回家。

現在應該是凌晨一時。

茂泉沒有戴錶的習慣，但多年來在海邊生活的經驗，令他學會了憑着浪潮漲退估算時間，即使近年搬到城市，這技能也沒有遺失。走着走着，他看到一盞壞了的街燈，街燈下的長椅有扶手在中間，像是為了阻止人躺下入睡而存在。

世事總不能兩全其美，茂泉這樣說服自己。

周遭幾乎無人，坐在木椅的茂泉閉上眼，嘗試進入夢鄉。

當眼睛不再接收資訊，剩餘的感官就會變得更敏感。他感受到空氣從鼻孔進入胸腔，隨着呼吸起伏。傾聽海浪的聲音，有一刹他以為自己回到了大澳的海傍，但他知道，這氣味不對。空氣中少了點鹹香。

為何會落得如此田地呢？是從哪裏開始走錯路了？好像自從搬離了大澳之後，所有事情都變得不順利。母親的病突然惡化，與姐姐幾乎斷絕聯絡，自己亦加入失業大軍，甚至淪落到全身只剩下一百元。假若明天還找不到工作，就只能把母親送往醫院。

一想到自己如此不孝，茂泉睡意全消，淚水不由自主地浸沒眼眶。他用手背拭乾眼淚，走到鐵柵托着腮子看海。碼頭附近的船隻都靜止不動，遠處的高樓連接成一道發光的屏障，當中尚有數處燈火還未熄滅，與黑夜之間隔着一層白色的迷霧，像是在區分遺害大自然的人類與寄宿於星空的眾神。

每次到祠廟參拜，他都依照長輩的指示進行所有儀式，但茂泉從不相信有神的存在。他覺得只有不願意為自己負責的人，才會將命運交託，或歸咎於無形的主宰。

——難道是自己的狂妄無知觸怒了神明，才要如此懲罰我嗎？

茂泉拿出身上唯一一張鈔票，連同他的所有希望對摺放在掌心，然後低頭閉目許願。

——如果神真的存在，求求你讓我明天找到工作。

閉目誠心祈求之際，茂泉突然聽到頻密的踏步及急促的呼吸聲，睜開眼時他卻發現快要被一個戴着墨鏡的跑手撞上。他在忙亂中跳到一旁閃躲，意識到自己不該隨便鬆開手的時候也已經太遲，只能眼白白看着一百元紙幣飄過鐵柵的空隙，掉進海裏。

然而，它不是真的紅衫魚，雖然不會逃走，但也不會游泳。一眨眼工夫，茂泉的所有希望都沉沒得不見影蹤。

怒火中燒的茂泉懶理自己正穿着背心牛仔褲，一邊追着跑一邊大叫，但那混蛋卻無視他繼續前進，而且好像愈跑愈快。茂泉一邊觀看那人的跑姿，一邊修正自己的動作。茂泉盯着他的後背不放，模仿那人跨出的每一步，使勁地蹬踩那對印有五角星的破舊帆布鞋，跑着跑着，好像逐漸收窄了與那混蛋的距離。

——如果在這裏讓那混蛋逃脫的話，我就連明天的早餐也沒辦法解決。我一定要他作出合理的賠償。

直到差不多用盡全身力氣，茂泉終於跑到與那人肩並肩，他一邊揮手一邊喘着氣叫罵，但那人還是目不轉睛地看着前方，似乎沒有察覺到茂泉的接近，也沒有停下來的打算。

茂泉感覺到肌肉快要撕裂，好像再不停下來就會有某些部位要斷掉，但他知道不可以就此放棄，任何痛苦都比不上母親二十年以來含辛茹苦地照顧他以致捱壞身子。他不知道可以怎樣彌補，但至少想讓母親可以三餐溫飽。

灼熱的憤怒與強烈的慾望滲進血液，透過不斷躍動的心臟送往全身每一個角落，雙腿像是不受控地持續踩踏。終於超越了那混蛋的茂泉，身不由己地佔據了他正前方的位置，一心只想用身軀把他截停，就算被撞得粉身碎骨也在所不惜。

不知道那人是來不及反應，還是由始至終都沒有注意到茂泉的存在，兩人就此撞上，雙雙倒地。

飆升的腎上腺素讓茂泉完全無視傷痛，瞬間就站了起來，他快步走向那仍然倒在地上的，輾碎了他希望的大惡人。

「喂！你跑步怎麼不帶眼的。」

「對不起，我是不是撞到你了？」那戴着墨鏡的短髮少年爬了起來，輕蔑地掏手掏腳。

「你還好意思裝傻？除了你之外還會是誰？」茂泉踏前一步喝道。

「對不起，撞到你確實是我的問題。」

青年第二次說對不起，卻是以激怒茂泉為目標似的，向着沒人的位置彎腰鞠躬。

「你這個人真的很沒禮貌，連鞠躬道歉也要故意向着錯的方向。」

青年趕忙脫下墨鏡，連續第三次致歉：「對不起。其實我的視力不太好，在夜間幾乎完全失明。」

「這並不好笑……」茂泉聽到這句狡辯，再也壓抑不住心中怒火，把拳頭揮向這家教欠奉的少年，直至他的動作被一對不協調的眼球凝在半空。

——難道他真的是失明人士？

靜默數秒後，茂泉慢慢收回他的拳頭，他這才感覺到肩膊赤痛，瞧了一眼便發現在流血，應該是剛剛倒地時擦傷。

「對不起，是我誤會了你。我不知道你是個盲人。我應該怎樣稱呼你？」這次輪到茂泉誠懇地以九十度彎腰致歉。

——但失明的人為何會在深夜獨自跑步？

「黃逸淙。黃色的黃，逃逸的逸，淙是宗教的宗再加三點水。叫我阿淙好了，嚴格來講我不算盲人，我的右眼還有三成視力。」逸淙自豪地介紹自己的全名。他曾經試過用「淙淙流水」的淙來介紹自己，卻被人糾正「淙」的正音該是「蟲」而不是「聰」。

「你的名字很美。優雅得來又有動感。」茂泉冷靜下來，像變了另一個人似的，溫柔地低聲説道。「淙淙，對不起。你願意聽我解釋一下嗎？」

突如其來的稱讚讓逸淙有點錯愕。他點一點頭，示意眼前這個他連樣貌都看不清的怪人繼續説下去。

「我叫龔茂泉。這件事一言難盡。你可以叫我做阿……泉。」茂泉並不喜歡兒時的花名「阿茂」。

對於名字，他沒權選擇，但也沒法怪責誰，因為早在他出生之前，這個「茂」字便已被寫在龔氏族譜上。父母能決定的，亦只有僅僅的三分之一。而他們最後還決定把這三分之一的責任再攤分，各自選了一個僅懂寫的字，一個「白」，一個「水」，拼起來就是老套至極的「龔茂泉」。他有時也很羨慕姊姊優雅的名字，即使那是雙親拜託在小學裏任教的鄰居代勞的。

「總之，基於某些原因，我身上只剩下一張一百元鈔票，而因為剛剛要躲避跑得很快的你，本來握在手裏的一百元就不幸掉進海裏。但我真的很需要這一百元，所以我才會在剛才對你窮追不捨，但是你好像聽不見我的呼喊，也看不到我揮手，我情急之下才會在追過你之後用身體攔截你。害你受傷了，對不起。」茂泉詳細地交代。

雖然茂泉説的話有點像賣慘的「碰瓷黨」，但逸淙卻從堅定的聲線中聽得出他所言非虛，甚至想像得到他真誠的眼神。

「要道歉的人該是我才對。我想應該是我太過專心跑步，而且還戴着耳機，才會聽不到你在叫我。我會還給你一百元的。」逸淙摸一摸他的耳背，確認耳機經已飛脱。「泉哥，麻煩你可以幫我看一看耳機是不是掉在地上？」

正當茂泉蹲在地上在搜索不知道該是什麼形狀的耳機時，逸淙突然驚訝地發問：「等等，你是説你剛剛從後追上我了？」

「嗯。你真的跑得很快，我差點就追不上你了。」

「你大約追了我多少米？」逸淙開始對這個神秘人感到興趣。奇遇果然都是在深夜發生的。

「實際的距離我不懂得計算，但我應該跑了大約三十秒吧。」

今夜的訓練課題是問歇跑。即使剛剛那一趟是第六個八百米，逸淙也知道作為香港隊成員的自己是不可能輕易被別人追上的，他對自己的速度有着絕對的信心。如果在平路或運動場競賽的話，他甚至有信心，自己不會輸給健全的中長跑運動員。

雖然這個不知從哪裏冒出來的人是以短跑的心態來追逐，但這個人應該也有相當程度的實力。

「你也挺厲害的，竟然能追上我的七成速度。你也是運動員嗎？」逸淙興致滿滿。

「當然不是。」茂泉趕緊搖頭，繼續尋找耳機的蹤跡。「我只不過是個普通的小市民。不過我也有運動的習慣。」在他的印象裏，耳機是指一條長長的電線連着兩個圓圓的耳塞。

「你會游泳和踏單車嗎？」逸淙興奮地追問。

「算是會吧。」

「如果你有空的話，我想你明天來體育學院，我們香港的三項鐵人隊需要你。」

「三項鐵人隊？」茂泉不解地問。

「對。我們一起練跑吧！」逸淙使勁地點頭。

「謝謝你的好意。但我真的沒有閒情逸致去玩。」

「三項鐵人並不是遊戲。我是認真的。」逸淙突然變得嚴肅。

「抱歉，我不是這樣的意思，但我真的沒空。」茂泉將注意力放回地上。「我先繼續幫你找耳機。」

逸淙細心傾聽，很快就辨認出微弱雜音的來源。「應該是在我九點鐘方向。」

按照指示，茂泉果然在地上發現一條幼細的膠帶，由一個大半圓連接着兩個小半圓。他拾起這個新奇的「耳機」，交到逸淙手裏。

「謝謝你。你從這裏拿一張一百元吧。」逸淙把錢包遞上。

「你不怕我偷走你的銀包嗎？我現在可是身無分文。」茂泉有點驚訝逸淙會如此信任一個陌生人。

「我相信你是個好人。」逸淙笑說。「況且，即使你逃跑，我也很快可以追得上你。」

在街燈的幫忙下，茂泉勉強辨認出那是紅色的紙鈔。他一手把錢包還給逸淙，一手伸進褲內，把鈔票放到最安全，也是最私密的地方。

「你是不是很缺錢？我可能可以幫到你。」逸淙問。

茂泉臉上的喜色轉瞬即逝。「我們才第一次見，我不可能問你借錢的。」

「我不是要借錢給你，我是要介紹工作給你。」

「雖然我最擅長的是體力勞動，但我什麼工作都願意做的。」

「真的什麼工作都可以？」逸淙奸笑。

「嗯！」

「日薪五百。明天開工。」

「是即日發薪的嗎？」

「對。」

「謝謝。」茂泉感激地握着逸淙的手。

「不用客氣，說多謝的人應該是我，難得你願意賣身。」

「賣身？」茂泉大吃一驚，想要縮手卻被緊緊握着。

「對。借用你的身體一天，協助港隊訓練。」

「我……要考慮一下。」茂泉並不是不相信逸淙，但他覺得這世界並沒有不勞而獲。

「明天九時正，香港體育學院田徑場。」

逸淙說罷，戴起墨鏡與耳機，與茂泉揮一揮手，就如一陣風般跑進黑暗之中。

身心俱疲的茂泉，不打算再走到那盞壞了的街燈之下，隨便選了個花槽邊的平坦位置，倒頭便睡。

茂泉再度睜開眼時，天還沒亮透。遠方山巒的剪影被繪印在金橙色的彩霞，雲朵則被漂染成紫堇在湛藍的背幕上起舞。環顧四周，只有寥寥幾個晨運客，茂泉的直覺告訴他，自己應該是被他們腰間的收音機吵醒。輾轉反側轉換了數個睡姿，茂泉還是沒法再訪夢鄉，因此他決定加入晨運客的行列，在海邊伸展手腳，隨便走走。

他倚在鐵柵觀看潮汐漲退，只見被蠔殼依附的染綠石梯，隨着水位的變化乍現。茂泉從褲袋拿出那個皺紋滿佈的口罩，轉身步向輕鐵站。

STEP 2

翅膀

戴着墨鏡的黑髮少年在紅土場上壓腿伸展。

「淙仔，差不多要開始了。」她望一望電子手錶後説道。迷彩背心下是黝黑皮膚，結實的線條不帶一絲贅肉。

「多等五分鐘吧。」黃逸淙把鞋帶鬆掉，又再重新綁過一遍。「應該，應該還有人正在趕來的。」

「預先報名的五個人都到齊了。你再等也不會有其他人出現。」

「可能有些人臨時想參加，而沒有網上報名呢？」逸淙喜上眉梢地指着從閘口跑過來的人説，「你看。」

「不好意思，我遲到了。」一身運動裝扮的龔茂泉迅捷地奔跑過來。

「星期日的清晨也會塞車嗎？」鄭煦雪叉住纖腰不耐煩地問。

「對不起，體育學院有點大，所以我找錯路了。」茂泉與正在暖身的逸淙揮手，卻沒得到任何回應。

「這不會是你第一次來體育學院吧。你……」煦雪準備破口大罵之際，卻被逸淙插話打斷。

「只是其他人提早到達吧，現在才剛到九時。你快點去拉筋熱身就好。」

「算了算了。」煦雪不滿地搖頭，轉身望着其他跑手。「兩分鐘後正式開始一千五百米跑，所有人一同出發。有任何疑問嗎？」

煦雪兇惡的語氣讓人不敢發問，唯獨茂泉卻舉高了手。

「怎麼了？」煦雪瞪眼問道。

「我想確認一下，一圈是不是四百米？」

逸淙掩臉苦笑，他剛剛只記得把衣物和跑鞋交給茂泉，以及叮囑他要裝作互不認識，卻忘了告訴他最基本的田徑場規則，看來這下又要惹毛全體院最火爆的女教練——綽號「雪妖」的鄭煦雪。

「我也想確認一下，究竟你是不是來白撞的？」煦雪指着茂泉喝罵，然後把手指頭轉向想要置身事外的逸淙。「總之你跟着這個傻頭傻腦的人跑到終點就對了。」

「是的。」茂泉認真地點一點頭，誠懇得讓煦雪放棄深究他是不是承認自己是白撞。

「別浪費時間了，快點上線準備吧。」煦雪走到起跑線前咬住哨子。

嗶——

一聲令下，七人同時起跑，逸淙很快就搶得領先的位置。而姍姍來遲的茂泉，亦不負煦雪的「期望」，如她所料般排在最後一位。

標準的運動場是四百米一圈。一千五百米的頭三圈通常都均速前進，到最後一圈才考驗爆發力。在這項賽事，經常會出現留前鬥後的畫面，跑手們都會觀察其他選手的狀況，再決定什麼時候發力。

有趣的是，在重要的比賽如奧運會，奪取獎牌為國爭光才是首要目標，曾有世界紀錄保持者因節奏被打亂或太遲發力而落敗；甚至試過出現在同一屆的比賽裏，金牌健全跑手造出的時間比金牌殘疾運動員還要慢的情況。

逸淙對自己的速度充滿信心，他的視力亦不容許他留在一堆人中慢慢觀察，以免增加絆倒的風險。所以他選擇由頭帶到尾，用自己的節奏完成比賽。但他不明白，為何世人會為視障運動員跑得快過健全選手而驚訝。

明明大家都是四肢健全的人，為何不可用同等的眼光看待呢？

另一邊廂，茂泉當然並不知道留前鬥後這個策略，他只是不知道初段該用什麼速度，也不知道該怎樣分配體力。

一圈過去，排在頭位的逸淙依然從容不迫，緊隨其後的五人集團大約落後二十米，而茂泉仍然排在末位，而且已經被拋離了三十米。

——總之你跟着這個傻頭傻腦的人跑到終點就對了。

茂泉心想，剛剛那個兇巴巴的女人説得對，他只需要緊貼着逸淙跑到終點就可以了。

他開始加速，沒花太多氣力便逐一追過眼前的人。那些被超越的跑手並沒有太在意茂泉，他們都覺得這個胡亂爬頭的一定是門外漢，應該很快就會後勁不繼。

在進入最後一圈之際，茂泉已經排到第二位，逸淙依然節節領先。除了茂泉之外，所有跑手都彷彿在心中聽到搖鈴的聲響，轉換到衝刺模式加快腳步。然而，在茂泉背後的人都無法如願地趕上他，尚在適應的茂泉卻正逐漸收窄他與逸淙的距離。

穿着釘鞋的雙腳前所未有的輕盈，每一次着地都沒有多餘的接觸。逸淙背心上的字體也變得愈來愈清晰，茂泉使勁擺動雙臂，加快踏步的頻率，他覺得自己就像是在追捕獵物，力量源源不絕地湧現於全身肌肉，每一個毛孔都在協助呼吸，為的只是吞噬眼前那亡命逃竄的人。

原來全力奔跑是這麼讓人興奮的一件事。

兩人相繼來到一百米直路，距離收窄到只有三至四個身位。但逸淙的背後彷彿長着一雙眼睛，監視茂泉的一舉一動，不讓他追近也不容他墮後。即使茂泉咬緊牙關，最終也無法再縮短與逸淙的距離，以第二名的成績完成這次測試，僅僅落後逸淙三秒。

「恭喜你達標。」煦雪興奮地碎步跑近，拍一拍在彎腰喘氣的茂泉。「喂，你叫什麼名字？沒想到原來你深藏不露。」

茂泉雖然落敗，但他心中沒有一絲不悅。他嘗試站直身子，又再度低頭彎腰急促地呼吸。他盯着地下，微笑說道：「龔茂泉。」

「你有洋名嗎？」煦雪問道。

「沒有。」茂泉尷尬地搔頭。「你叫我阿泉就好。」

「泉哥，我一早便覺得你是天才。」逸淙神態自若地走了過來，脫下墨鏡。

煦雪一臉疑惑，視線在「大纜都扯唔埋」的兩人之間遊走，「你們本來就認識？」

「昨天才第一次見面。」逸淙笑說。「這是他第一次穿釘鞋。」

「難怪你昨天跟我說要親自下場。但是他會游泳和踏單車嗎？單是跑得快並不足以勝任領航員。」煦雪依然一頭霧水。

「我……算懂得一點點吧。」茂泉老實地回答。

「別太洋洋得意，拉筋放鬆一下就去泳池準備，今天來測試的可不是只有你一個。」煦雪暗自在平板電腦上寫下新的名字，再在旁邊畫個星號。

其餘參加者都聚焦在茂泉這不速之客上，或好奇，或驚詫，或嫉妒的目光。

更衣室內，茂泉用毛巾抹乾身子，穿回昨天才購買的內褲，對着鏡用風筒把頭髮吹成中間分界。

「這個年代沒人再梳這種老套髮型了。」全身赤裸的逸淙走到茂泉面前。

茂泉默不作聲，把後背轉向逸淙。

「不用這麼尷尬，大家都是男人，而且你也知道我看得不太清楚。」逸淙嘗試再度走到茂泉面前。

「但我看得很清楚。」別過臉的茂泉把毛巾遞給逸淙。

「你真的沒有接受過任何正式的訓練？無論是單車、跑步或是游泳都沒有？」逸淙露出好奇的神情。

「沒有。我聽母親說，我在三歲時就被扔進海裏，之後就懂得游泳。學踏單車的過程相對比較困難，我記得是在某年小學暑假的一個下午，繞着燈柱騎了很多遍『8字』，摔了好多跤才學會的。偶爾我也會和朋友以一支可口可樂作賭注，鬥快游到對岸或鬥快騎單車回家，但正式的比賽就沒參加過。」

「所以其實你是用了各一天就學會了游泳和踏單車。而且剛剛游泳和單車測試的成績也挺不錯，只是動作和姿勢還有改善的空間。泉哥，說不定你真的是天才。」逸淙失笑。

「怎麼可能？你太誇張了吧。」

「其實你今年幾多歲了？」

「二十幾吧。」茂泉一時想不起自己的歲數，因為他從來不會慶祝自己的生日。

「你是哪一年出生的？」

「一九九零年。」

「那即是三十歲。」逸淙很快說道。

「你數學真好。」

「哈哈。我小時候的夢想是當數學家。因為我小學時數學總是考第一。不過進中學後就發現自己並不是這麼厲害。我現在的夢想是參加奧運。」

「那麼你現在幾歲了？」茂泉問道。

「二十一。」

「英雄出少年。我活了三十年還沒有任何夢想。你現在已經是港隊代表，快要實現夢想了。」

「單是活着已經很不容易。」逸淙沒有説出安慰的話語。「況且，若每個人都追夢的話，社會可運作不了。這世界需要一堆沒有夢想的人。」

「你真的只有二十一歲嗎？」茂泉無法理解，為何逸淙有時候跳脱得像個貪玩的小孩，有時候又成熟得像飽經歷練的大人。

「我哪裏不像二十一歲了？年齡其實也不過是一個參考數字，沒有什麼特別意義。」

茂泉苦笑，「你應該有聽過『三十而立』吧？我從前總是不明白，為什麼有些人快要三十歲卻還是一副吊兒郎當的模樣，但現在看着自己快要三十歲還是一事無成，我就知道原因。」

「誰説一定要三十而立，四十而不惑，難道就不能是三十而垃，垃圾的垃，四十而不猾，狡猾的猾嗎？」逸淙微笑反問。「我猜，無論是三十歲還是四十歲，我也只會是同樣的玩世不恭。」

「是嗎？」茂泉雖然不是完全聽得懂箇中意思，但他也好像意識到，所有關於歲數的定義都不過是由社會強行賦予的。

究竟是誰規定了什麼歲數就該有什麼模樣？每個人都應該有自己的步伐。

逸淙沒有等待茂泉回應，續道：「我說真的，你的成績真的不比現役運動員差很多，如果你早點開始訓練，說不定現在已經是香港冠軍。」

「不可能吧，這對努力練習的人也太不公平了。」

「這個世界根本沒有公平。」逸淙收起笑臉。「難道因為我跑得比別人快，就要剝奪我的視力嗎？這就是公平嗎？又為什麼有些人可以跑得又快又沒有失明？」

「我……」茂泉不懂怎樣回答。他心裏同時想着，我一生也沒害過人，為什麼要淪落得山窮水盡，好人沒好報，公平嗎？

「或許，是因為他們在其他我看不到的地方已經遭受到不幸。」

茂泉隱約覺得，逸淙豁達的自問自答中帶着淡淡的憂傷，口是心非。

「這是今天的人工。」逸淙拿出一張「金牛」。「明天你也有空嗎？我想你成為我的領航員。」

「什麼領航員？」茂泉一直以為自己的職責是陪練。

「三項鐵人的領航員。」

「為什麼三項鐵人要有領航員？」茂泉語畢便感到後悔，只因逸淙神態自若得讓茂泉幾乎忘記了他是視障運動員。

「因為選手是我。」逸淙一邊穿衣一邊説道：「跑步時需要領跑，游泳時需要領航，踏單車時要領騎，這就是領航員的工作。在眾多類別的殘疾三項鐵人當中，只有視障組別才會有領航員。所有參賽運動員的目標都是與自己的領航員一同到達終點。」

茂泉還是第一次聽到有關視障三項鐵人的事。茂泉一直認為，每個人天生就能跑步，跑步只有快慢之分，但游泳和踏單車卻需要後天學習。

在他出生的大澳，幾乎每個小孩都是在海灘玩樂長大的，自然懂得游泳，而為了方便穿梭於大街小巷，家家戶戶都至少有一輛腳踏車。茂泉不敢説自己精通這三種運動，但無論是在水裏或是單車上，他都有信心自己是全村表現最好的人，畢竟從前和任何人競速打賭，即使只是為了一支可口可樂，他都從來沒有輸過。但在十歲以後，就再沒有人願意和他比賽。

「你為什麼覺得我適合當領航員？」

逸淙指一指自己的鼻子，説：「我嗅得出你是值得信任的人。」説罷，逸淙便不問自請地湊近茂泉，表情誇張地作狀用力抽鼻子數次。

「別這樣。」茂泉把上半身向前傾以避開這個莫名其妙的小夥子。

在茂泉換回便服後，逸淙終於能在光線充足的情況下，用單眼打量這個昨天把自己擊敗的男人。茂泉濃眉大眼，中分的黑髮垂耳及肩，就像《男兒當入樽》內墮落時期的三井壽。逸淙在腦內想像茂泉以他字正腔圓的語調，哭着說「教練，我想要打球」，嘴角自然忍不住上揚。白色背心上的污漬不及結實的臂彎搶眼，但下半身淺藍色的牛仔褲與布鞋的配搭則顯得有點過時。

「如果我沒有多一套跑衫跑褲的話，你今天可就要穿牛仔褲跑步了。」看到茂泉的一身休閒裝扮之後，逸淙對於他昨夜能跑贏自己嘖嘖稱奇，驚歎真的是人外有人，天外有天。

「你不介意的話，我也可以借釘鞋和跑鞋給你。」逸淙把茂泉剛歸還的鞋袋遞回給他。

「不行。我還未決定好是否加入。」

「你今天開心嗎？」逸淙問。

「開心。」茂泉果斷地答。「因為終於能賺到錢了。」

「跑步不開心嗎？」

「開心，但不能當飯吃。」茂泉苦笑。

「成為領航員的話會有資助，體院的飯堂也能自由出入。」逸淙嘗試說服。「你不是說對運動有興趣嗎？」

「但當興趣變成工作，可能就不有趣了。」茂泉搖頭，再度苦笑。「給我一點時間考慮。」

「一天可以嗎？」逸淙瞪大眼睛。「我想儘快找到新的拍檔。」

「但其他人可能比我更渴望，或是更適合成為你的領航員。他們比我努力得多。」茂泉想起了今天各個參加者認真拚搏的樣子，想起了他們竭盡全力後不甘心的神情，愧疚感油然而生。

「在運動競技的世界裏，對別人善良不止是對自己殘忍，也是對別人的侮辱。不用顧慮別人，這一刻你只需要考慮自己。」逸淙一副看透世事的口吻。

茂泉若有所思，默不作聲數秒後才抬起頭。「你明天有空嗎？陪我去一個地方。」

遠方的峰巒隨海浪搖晃，白雲彷彿是在被凝視的那一剎才開始飄動。

「對了，為什麼你要回大澳？」

專心在看海的茂泉沒有回答，逸淙也沒有再追問。渡輪由屯門碼頭出發，駛往東涌，茂泉覺得沿途風景熟悉又帶點陌生。茂泉自幼便跟着祖父和父親由大澳乘快艇到屯門販賣漁獲，繼承家族生意後他有時會負責掌舵，雖然公司在十年前不幸倒閉，他也會偶爾駕駛快艇獨個兒出海散心。但為了生計，快艇終究還是賣了。在三年前跟着母親搬離大澳之後，這是他頭一趟回去自己的出生地。

一路駛近，大嶼山的輪廓漸趨明顯，吸引茂泉注意的卻是近處兩個荒蕪矮細的小島，大磨刀與小磨刀。它們還是一樣的扁平，一樣的不適合磨刀。茂泉在兒時親眼見證，為配合赤鱲角新機場的發展，這一對島嶼被狠狠地削平，只是為了取得足夠的沙石填海，只是為了避免影響飛機的升降。那時目睹這兩個陪他走過童年的夥伴，每天被刮走一點，就像自己的皮肉被削走般痛苦。最後，小島上什麼花草樹木都沒剩，唯一能保留的只是不再貼切的名字。

大磨刀，小磨刀，最後被磨成薄片的竟是自己。可算是名字的詛咒嗎？相反，旁邊的匙羹洲還是一樣像匙羹，一片長長的石灘連着末端鼓起的山丘。若然路過的天神餓了，就能隨手用它來撈起海中瑰寶。

快要到東涌時，映入眼簾的是機場附近的一座人工島，從島內開始延伸一條看不到盡頭的跨海大橋。

「港珠澳大橋的發展想必為大嶼山的居民帶來很多麻煩和破壞吧？」

「受最大的破壞應該是海洋生物吧？這裏從前有很多中華白海豚的。」茂泉歎一口氣。想當年「過大海」，大部分人只能靠噴射飛航，唯獨有錢人家可以選擇搭直昇機，現在走陸路也可以「博一博」，單車如果真的變成摩托還可以直接騎回家。

方便的確是方便，但真的有必要為了經濟效益而犧牲海洋生物本來已所剩無幾的棲息地嗎？

大自然會以自己的方式反抗。茂泉記得，母親曾經這樣説過。

——現在我過得這麼潦倒，會不會也是海洋之母的無聲抗議？

渡輪之後一直在港珠澳大橋的下方行駛，經過田心、沙螺灣和深屈等茂泉行路回家時會經過的村落，直到差不多抵達大澳時，才脫離橋下那巨大的陰影，只留一條白沫尾巴與不知通往何處的大橋形成分岔。

看到一排排的棚屋，茂泉的心跳開始加速，感覺比起在運動場上追逐時還要跳得更快。他不自覺地把冒汗的手心按壓在大腿上，一時又用食指纏繞頭髮。茂泉知道胡思亂想也不會有任何作用，但他還是控制不了自己混亂的思緒。壓抑煩惱就像抱着一個汽球跳進水裏，不管下潛得多深，放手一刻，汽球還是會浮到水面，不但是以更快的速度，甚至可能彈出水面，水花四濺。

「這裏真的很美，不愧被稱為東方威尼斯。」逸淙不斷調整身體角度，以彌補狹隘的視野。

「你怎麼動來動去的？」茂泉疑惑地問。

「我跟你說過我的視力只餘下右眼的三成吧。你試着把左眼閉上，然後像我這樣把拳頭捲起來只餘下一個指頭的空隙，就差不多是我看到的畫面了。」逸淙一邊說一邊示範。

茂泉按逸淙的指示把拳頭放到右眼，然後用左手掩着左眼，鑽進眼簾的棚屋頓時只剩下一間。「原來你可以看到的東西真的很少。」

「是啊，這樣看的話真的很少。不過能夠集中一點地看，有時也不是壞事，不怕眼花瞭亂。」逸淙站起來用更誇張的幅度移動上半身。「而且花多一點時間也能看到跟你們一樣的風景。」

「抱歉，我不是故意取笑你。」茂泉尷尬地點頭。

「小事。我也知道你不是有心的。」逸淙一笑置之。

不足一小時的船程，對茂泉來説卻是恍如隔世。待船上的所有乘客都離座，茂泉才願意站起來走下梯級，逸淙緊隨其後。

「二十七元。八達通還是現金？」船公司職員問道。

茂泉的八達通餘額不足，他拿出一百元紙紗，職員卻指着投款機上的「不設找續」標籤。茂泉不知該如何是好，一方面不想阻礙別人，另一方面卻覺得不可能就此一次過用掉所有金錢。

「兩位。」逸淙投進不多又不少的五十四元，解救了陷入困境的茂泉。

「大澳的路我並不熟悉，你待會兒可以帶我四圍走走嗎？」

「跟着我吧。」茂泉平生最怕就是欠別人人情。

棚屋的數量及模樣好像有點變化，水道兩岸停泊着色彩鮮豔的各種小艇，水鄉風情依舊，可是人面全非。昔日總是在街口兜售鹹魚的芳姨變成了賣手信的金髮猛男，以往大排長龍的海鮮酒家原來已被日式串燒店取締，而本來用作發佈活動資訊的告示板上，現在都貼滿「遊客請自重／不可隨處棄置口罩」的通告。

烈日下，一隻三色貓懶洋洋地攤在路中央，橘黑相間的毛色猶如豹紋纏繞前腳，露出粉紅色肉球的後腳則像穿了一雙白襪般潔淨。牠偶爾在有人經過時怪叫一聲，神情像極了總是在茂泉家門流連的肥黃。但茂泉知道這不可能是肥黃，即使有人為牠改了一模一樣的名字，這肥黃也不是他認識的肥黃。因為貓的平均壽命只有十五年。

經過不同檔口，無論是雜貨店、海味鋪或是街頭小吃，逸淙總是會停下了解或是問一問價，每次都是要茂泉拉着他才願意離開。

「我上一次來大澳，已經是疫情之前。那時候我還有四成視力。」逸淙將新鮮出爐的炭烤雞蛋仔逐一剝落。「退步了，沒以前那麼脆。要試一口嗎？」

茂泉揮手婉拒好意。「不用了，茶粿才是大澳的傳統小食。」

踏過吊橋，穿越兩條大街，一條小巷，再多走幾步就到達昔日住處所在的太平街。茂泉驀然停了下來，深深呼一口氣，再慢慢嗟歎一聲。每次經過這裏，他都百感交集，滿載童年回憶的簡陋棚屋，早在二十年前的大火中灰飛煙滅，但烙下的傷痛卻從未消退。

「兩位年輕人，你們迷路了嗎？」一把熟悉的聲音打斷了茂泉的回憶。

回頭一看，滿頭白髮的老人沒戴口罩，撐着拐杖緩慢地步近。茂泉一眼便認出她是曾經對自己疼愛有加的陳婆婆。茂泉年幼時，陳婆婆會帶他與其他小孩到士多選購零食，他還記得自己經常嚷着要吃啜啜冰，卻不夠力氣把冰條折成兩半。陳婆婆總是掛着慈祥的笑容，輕易地把冰條屈斷，將較大的一端交給自己。茂泉記得她說過，「等你長大了，就輪到你把快樂分享給別人了。」

認出茂泉的陳婆婆臉色一沉，收起慈祥的笑容，抿嘴問道：「不知廉恥。你還有臉回來嗎？」

一頭霧水的逸淙見茂泉沒有回應，怒氣沖沖地踏前一步反問：「你怎麼含血噴人？」

「我含血噴人？」陳婆婆冷笑，拿起拐杖指着茂泉。「是他一家連累我們失去家園的。當年讓大澳變成煉獄的火災就是拜他們所賜。」

「我先告辭了。」茂泉迴避視線，握緊拳頭，強忍着內心的洶湧轉身離去。

逸淙並沒有即時追上，而是待茂泉的背影遠去，才默默跟着走。

石頭在水面彈起五次，激起的一圈圈漣漪逐次變小，卻交互形成更複雜的波紋，久久還未散盡。

茂泉隨便拾起另一塊石頭，換成另一個姿勢，側身彎腰地用力把石頭連同鬱悶揮擲出去。

一，二，三，四。

四聲噗通，石頭便沉到水裏，但茂泉的不快還是無法排遣。

茂泉一直都認為自己不是擅長怨恨或憤怒的人，即使擺明受到欺壓或被暗中陷害，他幾乎都能一笑置之，無論別人為他帶來多大傷害，只要說一聲抱歉就會得到原諒。例如當年父親認定是他把抽屜裏的錢偷走，在他捱完「藤條炆豬肉」後，姐姐才悄悄跟茂泉道歉，說是她拿了錢去買化妝品。那時候茂泉也只是笑笑口說聲不要緊，說了一句「我長得比較結實，我捱打總好過你捱打」，然後隔一天就已經把此事忘得一乾二淨。對於自己最近變得易怒及怨天尤人，他也感到不解。

茂泉覺得，別人的事他管不了，所以只能夠做好本分。但當做好本分並不能帶來期望的結果呢？

在沒有任何預兆之下，另一塊石頭闖進了茂泉尚未回復平靜的思潮，掠過水面畫出亮麗的軌跡。

一，二，三，四，五，六，七，八，九，十……這片石頭比茂泉剛才所擲的都飛得遠，他甚至未能數清楚石頭彈跳的次數。

「終於找到你了。」逸淙蹲到茂泉的腳旁，逐件篩選合適的石頭。「打水漂最重要不是力度或技巧，而是如何選擇石頭。剛剛那個婆婆說的都不是真的吧？」

茂泉保持沉默。他拿着逸淙給他的一塊扁平石頭，用同樣的姿勢投擲出去，在水上漂行的距離果然遠了很多。

「我們有時候是選擇石頭的人，有時候則是被選擇的石頭。我們不能決定被誰選擇，但可以決定選擇哪一塊石頭。」逸淙用力擲出手中的石頭，輕輕漂過水面構成獨特的音階，聽起來像是帶有療癒的功效。他輕描淡寫地說道：「視網膜病變選擇了我，而我選擇了三項鐵人。」

茂泉拾起一塊光滑的石頭，把玩片刻又將它放回地上。「對不起。」突然一聲不發地跑走了。」

「不要緊。不過你也是時候好好解釋一下。」

正午時分，刺眼得無法直視的太陽照耀着楊侯古廟，與寶珠潭中突起的圓形小島嶼。茂泉一邊在石灘上留意濕地裏雀鳥的動靜，一邊將自己的身世與遭遇一五一十地告訴身旁的逸淙。

二零零零年大澳火災那年他只有十歲。最初人們說是因為一個棚屋的冷氣機漏電才會起火，由於棚屋主要由木材和鋅鐵搭建，當時火勢迅速蔓延，很快就出現「火燒連環屋」的場面，那時大澳彷彿變成了煉獄。由於很多居民都以石油氣煮食，而且當時為慶祝侯王誕，不少人的屋內都存放煙花和爆竹。他不斷聽到爆炸聲，又看到火球飛來飛去，有時彈到其他棚屋之上。過百間棚屋陷入火海，情況非常混亂，有人抱着石油氣罐逃走希望防止引發爆炸，有人將石油氣罐拋入海中，亦有人跳海逃生。他記得要到清晨，燒了差不多近六個小時，火才完全被救熄。

「最重要都是人無事，」逸淙嘗試緩和緊張的氣氛，「才可以做世界冠軍。」

「但是，幾個月後，卻有人說這不是真正的起火原因。」茂泉苦笑。「人們說大火是與走私販毒集團有關，有村民因為金錢上的糾紛激怒了他們而遭到報復。還有人說消防員在抵達現場時，才發現消防喉與街喉的口徑不符，延遲了近四十五分鐘才能開喉射水，而他們認為這可能也是黑幫在暗中搞鬼。」

「實在太過分了，竟然因為一個人的私怨而連累了整個大澳的居民。」逸淙不憤地說。

「他們說那個人是我的父親。」

「不好意思。」逸淙略顯尷尬地為自己的衝口而出致歉。

「我的父親在大火前夕的那晚失蹤，再也沒有出現過。別人都說他是畏罪潛逃，但我始終不相信他會這樣做。父親是我認識的人當中最老實的。他一定是被冤枉。但幾乎整個大澳的人都當我們一家是仇人，我跟姐姐在學校也被排斥欺凌，在抽屜偶爾會找到被燒焦一角的功課。我們家是賣魚的，父親失蹤後，本來已經退休的祖父要再次工作，但生意額始終不理想。其實，父親的好友豐叔叔說過可以資助我們基本生活費，叫母親留在家中專心照顧我倆，但母親寧願打幾份兼職也不想不勞而獲，只願意接受小額的資助，才能勉強養活我們。我在十六歲輟學才接替祖父的工作，但多做幾年也是虧損，最後只能黯然結業。」

白鷺把彈塗魚含進幼長的喙便拍翼飛走，離開了茂泉的視線。他續道：

「在我二十歲那年，即是十年前，母親與姐姐吵了一場大架，幾乎要斷絕關係。姐姐那時候與豐叔叔的大兒子已到談婚論嫁的階段，母親卻突然說不想再接受豐叔叔的資助，甚至拒絕了豐厚的禮金，只因為街坊間流傳着她被包養的傳聞。姐姐最後堅持結婚，母親連她的婚禮也沒有出席。結婚後姐姐搬了出去，他們之後都沒再見過面。母親之後腎病變得嚴重，因為要每天洗腎而不能再工作，養家的重擔就落在我一人身上。她說想離開大澳，終於我們在三年前排到屯門的公屋。她跟從前一樣仍然會多留一份碗筷給爸爸，她仍然在等，她相信父親還會活着回來。」

「你認為呢？你相信你的父親嗎？」

「我不知道他是否仍活着，但我相信他不會與黑幫有關。」茂泉説。「你會相信我嗎？」

「我早説過一遍了，你嗅起來不像個壞人。」逸淙果斷地説。

「你這麼容易就相信了？你不覺得很荒謬嗎？」

「人生本來就充滿荒謬，再離奇的事在我身上也發生過，但我們還是要過活。」逸淙脱下玫瑰金鏡架的無框墨鏡。

「謝謝你。」茂泉勉強地擠出笑容。

「真的不考慮一下當我的領航員嗎？」

「如果你想證明父親的清白，你就更加應該要當領航員。」

「但是我也沒有任何證據。」

「誣衊他的人也沒有證據。當沒有證據的時候，有分量的人説的話就是真相。當我們闖出名堂，你所說的話都會變成真理。」

「這不是跟造謠一樣嗎？」

「你也只是說真話。將你認知中的父親的故事說出來。」

「但是……」

「別婆婆媽媽了……其實你帶我來大澳的目的是？」

「我帶你來大澳正是為了幫這件事做個解答。每當我感到迷惘，面臨重大的抉擇時，我都會來到這個地方。」

「來這裏做什麼？」

「擲公字。」茂泉蹲下來拿起一個貝殼，「正面的話就做領航員，反面的話就不做。」

貝殼隨着指頭的彈跳在空中翻騰，掉落在手背的一剎便被掌心覆蓋。

「是公還是字？」逸淙急着問。

手心攤開，貝殼的坑紋朝上，逸淙滿臉失望。此時，茂泉把貝殼由左手反轉放到右手，說道：「是正面。」

逸淙興奮地大叫，想抱住茂泉卻撲了個空。茂泉從石堆中細心挑選出一塊扁平光滑的石頭，沒有急着把它投擲出去，而是放到自己的褲袋之中。

之後，兩人乘穿梭巴士回到東涌，然後轉乘地鐵。茂泉發現逸淙就像普通人一樣，一手握着膠手把，一手低頭把換手機，不專心細看真的很難發現他是視障人士。唯一不同的是，逸淙需要經常把手機放到耳邊，用雙倍速度去聽別人給他的留言，或是讀出手機畫面內的文章，偶爾他又會錄音給別人作回應。

列車突然一下急刹，混亂中有人撞跌了逸淙的手機，卻沒人主動協助不知所措的逸淙，視線轉眼又落在各有的手機上。

茂泉拾起掉落到車廂一角的手機，心想：智能手機雖為視障人士提供了方便，但過濾了他們身分的同時，也有可能影響到他們所需要的協助。

他再次提醒自己，不要因為逸淙看似活動自如，就忘掉他也是視障人士。

「你們兩個男人什麼時候才肯出來？別顧着嘻嘻哈哈了，你們還有很多地方要磨合。」煦雪在門外喊道。

「雪姐，你不要亂說，我才不會跟他 Hehe，更不會與他『磨合』。」逸淙迅速穿回衣物，雙手放在後腦，慢條斯理地步出大堂，向煦雪扮個鬼臉，再走向健身室。

「什麼嘻嘻？」茂泉聽得一頭霧水。

「別理他了，他總是無一句正經。」煦雪指着前方一間課室。「我們先談談一些最基本的事吧。」

白色的粉筆把黑板分成三等份。煦雪翹腳坐到教師桌上，比鮮豔的跑鞋更奪目的是粗壯的小腿。

「好吧，先告訴我一些你對於三項鐵人的理解。」

「就是跑步、游泳、踏單車，鬥快去到終點。」茂泉簡單地回答。

「好吧，某程度上是對的。」

「那什麼人才會成為三項鐵人運動員呢？」

「就是擅長這三種運動的人吧。」

「對，以前港隊的總教練老頭子David曾經說過，『We do triathlon as we are good at three different kinds of sports』。(我們成為三項鐵人因為我們擅長三項不同的運動。)」煦雪以純正的英式口音說荷蘭籍前教練的寄語，然後在黑板的中央寫上這句話。

「抱歉，我的英文不是太好。那個『搓阿防』是不是三項鐵人的意思？」望着秀麗的字跡，茂泉儘量模仿發音問道。

「嗯。」煦雪略帶歉意地點頭。「全句的意思大概就是你剛才的答案，『我們投身三項鐵人是因為我們精通三項不同的運動』。」

「其實我大致也聽得明白，只是沒聽過那個生字。」茂泉以尷尬的笑容回應。「逸淙是在什麼時候開始做運動員的？」

「我以為他會主動告訴你。」煦雪暫時擱下粉筆，「那麼他有跟你說他雙眼的事嗎？」

「他有跟我說是視網膜病變，所以左眼失明，右眼視力只餘下三成。其餘詳情我可不知道了。」

「我和淙仔以前是鄰居，所以自幼便認識。他從小學開始就已經很耀眼。」煦雪低頭沉思，不自覺地捏碎了粉筆的一端。「他開朗、幽默、善解人意，在不同圈子當中都能看見他的身影。而且他天資聰穎，做任何事都是事半功倍，考試不用怎樣溫習就能名列前茅，各種運動也是很快就能上手，無論是田徑還是游泳，稍微練習已經能站上頒獎台。所有人都覺得他一定會前程錦繡，直至他十六歲生日那天。」

「十六歲……即是五年前？」茂泉屈指一算。

「嗯，中四升中五那年的暑假。八月十三日。」煦雪的眼眶漸濕。「那天我準備了驚喜禮物給他，所以我給戴上他眼罩，叫他跟着我走。當我帶他去到事先畫好祝賀字句的沙灘，叫他打開眼罩時，淙仔竟然説，『可以開燈了吧？』」

茂泉倒抽一口涼氣，他很明白生日驚喜變成驚嚇的無奈。

「我最初還以為他在開玩笑，直到他不斷跟我説，『快點開燈』，『這裏很黑』，而且愈説愈慌張，我才知道出大事了。」説着説着，煦雪臉上已流下兩行淚痕。「都是我的錯，都是我害他變成這樣的。如果我早一點送他去醫院，可能他就不會失明。」

「別太怪責自己，你才是最不想他變成這樣的人吧。」茂泉不懂安慰，只能遞上原本放在書桌的一盒紙巾。

「抱歉。」煦雪慢慢拭乾眼淚。「淙仔雖然患上眼疾，但憑着他的聰明才智也考入了山城大學的中文系。然而他第一個學期還沒讀完，就不理父母的堅決反對輟學，說要跟我一樣成為香港的三項鐵人代表。」

「然後他成功了。」茂泉不懂如何安慰煦雪。

之後煦雪用雙手輕拍自己的臉頰，使右側的臉留下白色掌印。她搖一搖頭，說道：「我們繼續吧。」

粉筆在黑板上再度飛快地起舞，嘁嘁嚓嚓的讓人想起青澀的校園生活。

煦雪圈着剛剛在右邊黑板寫的三個字，問道：「下一條問題，什麼人會成為三項鐵人賽的領航員？」

茂泉低頭想一想，自嘲地說：「等錢用，以及失業的人吧。」

「什麼？」煦雪有點懷疑逸淙的「無厘頭」已經傳染給看似古板老實的茂泉。

「應該是與參賽選手實力相當，但同時又不再是職業運動員的人吧。」茂泉認真地回答。

「沒錯。所以大部分領航員都是由退役的三項鐵人所擔任的。淙仔的上一個領航員也是我們的大師兄。」

「那大師兄為什麼沒有繼續當淙淙的領航員？」

煦雪欲言又止：「這……你可要自己問他了。」

「我應該比不上大師兄吧？」茂泉在腦海中幻想出一個雄厚的背影帶着逸淙乘風破浪。

「現在當然比不上。」煦雪老實地說。「但之後就很難預料。而且領航員最重要的條件，是選手能夠信任的人。不知為何，淙仔好像很信任你。」

「我也覺得莫名其妙。」茂泉甚至認為，除了母親以外，逸淙可能是現時世上唯一還願意信任他的人。

之後，煦雪在剩餘三分之一的黑板，邊寫邊解釋有關視障三項鐵人賽的規則。原來三項鐵人在香港已屬冷門運動，多數時間只能辦水陸兩項鐵人賽。而在香港，視障三項鐵人運動員暫時只得逸淙一人，因此所有本地比賽他都要與健全運動員一同參與。

「逸淙的目標，是贏得殘奧金牌。」煦雪惋惜地歎一口氣，續道：「上一屆里約殘奧因為參賽單位不足，只舉辦了女子三項鐵人賽。這一屆東京殘奧原定會舉辦男子賽事，卻因為疫情關係要延期，他的積分不但要重新計算，到時是否會有男子組賽事亦是未知之數。」

知道逸淙遠大的目標後，茂泉對這個看似胡鬧的小夥子多了一份的敬佩之情。

「難怪他經常說『人無事，才可以當世界冠軍』。」

煦雪不禁失笑，說道：「這是出自他很喜歡的電影《頭文字D》裏的經典對白，不是他原創的。」

「出處並不是最重要吧，最重要的是他有沒有為了這個目標而拚搏。」

「他雖然總是嬉皮笑臉，但對於自己真正想做到的事，他比誰都要認真。這是他多年以來的壞習慣。」煦雪瞥一眼繫於左足腳踝的三色棉繩。「好吧，現在讓我說一說賽制。殘疾三項鐵人的賽程比起健全運動員的要短一半。」

「是因為領航員與選手兩個人一起跑，所以總距離要減半嗎？」

「想不到原來你也挺幽默的。」戇直的茂泉再次令煦雪哭笑不得。「所有組別的殘疾三項鐵人也是這個距離，而只有視障組別有領航員。選手會先游水七百五十米，再踩二十公里單車，然後跑步五公里直奔終點。」

「聽起來也不簡單。」其實茂泉對剛剛所說的距離並沒有什麼概念，而他也分不清黑板上那兩個火柴人究竟誰在游泳，誰在踏單車。不過，他猜測線條最簡單的那個火柴人應該是在跑步。

「你體驗一下就會明白。放心，很快就會有機會。」

「其實領航員要怎樣帶領選手前進？」

「這正是我準備問你的問題。」煦雪把手探進環保袋，猶豫片刻，最後決定還是先不要拿出實物。

其實早在逸淙邀請他做領航員的時候，茂泉已有思考過這個問題。他猜測，以即時的口頭溝通來給予指示是必要的，但這應該並不足夠，領航員與選手之間還需要用某種不用開口的方式連繫，這樣才會有安心的感覺，因為在水中根本無法交談。

「繩。」茂泉用雙手比劃出肩膀的闊度。「要有大約這麼長的繩。」

「正確。是淙仔告訴你的吧？」

「不是。不過我有點好奇，用繩連着單車真的可行嗎？」茂泉的粗眉頭深鎖時就像用毛筆寫的「八」字。

「當然不行。」笑得燦爛的煦雪腹痛不止，勉強在淚水滲出來之前説道：「你們騎的會是雙人單車。」

「原來如此。」茂泉自覺白費了一夜心機去思索如何排列單車陣式。

「別以為二人單車很簡單，作為領騎的你不但要控制方向，還要提醒後座的人何時轉彎和何時煞車，若轉移重心處理不當，失去平衡就會落得一同翻車的下場。」煦雪慢慢回復正常的語調。

「都是同一句話，你體驗一下就會明白。」

「不要緊，我習慣了摔倒。」茂泉自信地笑説。

「給你。」煦雪交給茂泉兩條長度不一的繩帶。

「這是什麼來的？」

「一對翅膀。有了這兩條繩，淙仔就能飛翔。」

「要綁在哪裏的？」茂泉分別拉一拉兩條繩，比較一下它們的彈性。

「長一點更有彈性的那條是游泳時用的領航繩，短一點的那條是領跑繩。游泳時，你們可以選擇「手持」、「套腳」或「套腰」；跑步時可以握在手裏各執一頭，也可以綁在腰間。這兩條繩都是給你參考用的，繩的材料、呎吋及長度也可以調整，你們兩個往後慢慢研究一下吧。」

——翅膀嗎？

茂泉嘗試把繩的一端套在手腕。

——只希望我不會是阻礙他飛翔的絆腳石。

STEP 3

水花

手掌貼近水面在空中劃了半圈，用力拍打在黃色的電子板上，水花四濺。

龔茂泉迅速脫下泳帽，貪婪地在水面用口吸氣，然後低頭在水中用鼻噴氣，重複十數遍，猛烈跳動的心才願意慢下來。他悄悄抬起頭，望着手握電子錶的黃逸淙。

「兩分鐘二十一秒，時間還算不錯。但其實你在最後也不用划多一下手，在水中把手伸長去碰牆應該會更快，平常如果是游長途的話其實也不是太重要，不過現在練習你也想創一個快點的成績吧？而且，換氣的時候頭部的動作還是太大了，會影響到水阻。」逸淙滔滔不絕地說。

茂泉沒有回答，而是在腦內重溫剛剛的動作，嘗試按照逸淙的建議，模擬改良後的泳姿。

昨天，在煦雪的理論課結束後，茂泉便跟着逸淙參觀體育學院的設施，然後兩人便一同回到課室，聽着煦雪簡介接下來的訓練計劃。

「一般來說，訓練的基礎就是累積距離。長距離的騎單車、跑步和游泳都非常重要，缺一不可。訓練時間方面，騎單車應佔總訓練量的一半，跑步和游泳差不多各佔四分之一。理論上，如果沒有足夠時間，其他的訓練如間歇、乳酸閾值、Vo2max等都可以省，但絕不可以翹長課。」煦雪坐在桌上交叉雙腳，冷笑一聲。「不過，在我的麾下訓練，本來就不存在翹課的可能。」

逸淙逐一為茂泉解釋他聽不懂的專業名詞後，煦雪續道：「下一場舉行的三項鐵人賽是在兩星期後，我剛剛已經替你們報名了。雖然這場比賽不會影響到積分，但是透過實戰去累積經驗是最快最有效的。由於距離比賽只有兩個星期，我們先集中改善茂泉的姿勢以及培養默契，比賽前一星期再做些簡單的調整，比賽過後再開始高強度訓練吧。」

雖然煦雪說在比賽後才開始高強度訓練，但茂泉並不覺得剛剛完成的三組二百米自由泳間歇訓練有多輕鬆。茂泉還是第一次如此有系統地接受訓練。好像都有好幾年的時間，無論是在嚴夏還是寒冬，他每天都會到海灘游早水當作強身健體，他從來沒有為自己計過時，更遑論去研究自己的動作是否標準。

在完成總共八組的游泳訓練後，茂泉已經差不多精疲力竭。在煦雪的指導下拉筋放鬆後，他躺在濕滑冰涼的地磚上休息。

「不是叫你用七至八成體力去游嗎？怎麼現在好像快要氣絕身亡似的。」剛完成最後一個七百五十米的速度訓練的逸淙扶着鐵梯問道。

「我好像不太懂得分配體力。游着游着便突然用光所有力氣了。」茂泉仍然在喘息。

「幸好現在只是練習，而不是正式比賽。」煦雪把電解質飲料放到茂泉旁邊。「三項鐵人賽中最先進行的是游泳項目，然後是騎單車，最後才跑步，其實也是基於安全理由。在騎單車或跑步途中體力不繼也能停下來休息，但若是在水中耗盡體力，是可以很危險的。當然在單車上突然掉下來也很容易受傷。」煦雪望着逸淙，似是想起了什麼，反了一下白眼後，便把本來想要拋出去的另一瓶飲料收回手中。

「我也很口渴呢，別以為我視障便什麼也看不到。」逸淙見狀説道。他見煦雪默不作聲，搔着頭皮補充：「我知錯了，上次舉完啞鈴還堅持要獨個出海訓練是是我不對。」

「你也知道那次要勞煩別人開船接你回來吧？」煦雪還記得逸淙失蹤當天她總共哭過兩次，一次是驚惶失措，一次是喜極而泣，但她兩次都沒有告訴逸淙，也希望他沒有瞥見。

「我都已經道歉了，可以給我喝一口了吧？」逸淙走近，煦雪卻無動於衷。茂泉想要把手中剩下的半瓶遞上，卻被煦雪伸手阻止。

「還有呢？你應該道歉的應該不止這一件事吧？」

「我不知道。而且我的事又與你何干呢？」逸淙其實隱若猜到煦雪指的應該是某次他在單車上練習危險動作而跌得遍體鱗傷，但他不明白為何煦雪要因為這件「小事」而耿耿於懷。「我先去吃飯了。」

逸淙頭也不回地步向更衣室，茂泉遲疑半刻後也跟着離開。

「淙淙，吃午飯前不是還要多練四個八百米跑嗎？」茂泉邊跑邊問。

「你想跑的話自己去跑。」逸淙冷淡地說。「而且你不是已經沒有力氣了嗎？勉強練習也不會有好效果。」

「我還以為練習都是要靠咬緊牙關來捱過，要不斷挑戰極限才會進步。」茂泉認真地說。

「別傻了。一不小心受傷的話便前功盡廢。」逸淙脫下泳褲裸身走進淋浴間。

「原來如此，難怪 Miss Cheng 會這麼緊張，她應該很擔心你受傷。」

「我當然知道。」逸淙衝口而出地回應後，才意識到自己剛剛對煦雪的態度好像有點惡劣。他打開花灑，喊道：「好吧，待會我們一同再向她道歉。」

「為什麼我也要道歉？」茂泉一頭霧水。

「因為……」逸淙即興地說。「因為你剛剛叫她做Miss Cheng，明明她還比你年輕。」

「但是，她都沒聽見。」

「不要但是了，你再這麼多口我就不帶你去吃自助餐。」

聽到自助餐這三個字，茂泉馬上安靜下來。只是他沒想過逸淙指的自助餐與他想像的相距甚遠……

「是不是選擇太多？不知道從何入手？」逸淙望着茂泉手中的空盤，露出不懷好意的笑容。

「我原本以為是會有刺身或生蠔供應的自助餐。」茂泉無奈地說。

「這些容易刺激腸胃的食物不會出現在運動員專用的餐廳裏。如果你真的想吃生蠔，我們可以慶功宴的時候去吃。事實上『精英閣』的水準也很高，我相信並不會輸給酒店自助餐。」

「精英閣？」

「精英閣是體院運動員餐廳的名字。這裏每日都會以自助形式輪流供應多款自家製的菜式，總共有五百多款。所有食物都是由體院的膳食團隊與營養師設計，詳細列明卡路里與營養比例，而且會儘量減少使用加工食物及含有反式脂肪的食材，健康又可口。」逸淙一邊説一邊把各種食物夾到盤中。「我特別推薦這個古法鹽焗雞，不是每天也有供應的。」

在接下來的兩個星期，茂泉一共騎了一百公里單車，跑了四十公里，游了八千米。

而古法鹽焗雞，他一共吃了五次。

STEP 4

對手

219
219

熹微的晨光勾勒出一對麻鷹盤旋的剪影。橙紅的雲霧活像火焰，在峰巒上翻騰卻沒點燃天空，在水波內蕩漾也沒被大海熄滅。

選手們都在帳蓬外排隊，等候工作人員輪流為他們蓋上防水印章，近百位參賽者當中，只有兩人的手臂上印着同樣的號碼。

作為這次比賽中唯一的殘疾運動員，披着粉綠戰衣的逸淙與茂泉被安排最先下水，兩人慢慢游至作為起點的浮波。

「緊張嗎？」逸淙用泳帽覆蓋泳鏡大半，以確保泳鏡一陣子不會在水中鬆脫。

「我們盡力而為吧。」茂泉再一次檢查套在雙方大腿的領航繩。

人生中第一次的游泳比賽就是在海裏進行，茂泉相信，這一千五百米一定會很難忘。

「放心，我們一定會是組別第一。」逸淙像是察覺到茂泉的呼吸有點急促。

「也一定是組別包尾。」茂泉苦笑回應。

「你知道我們的對手在哪裏嗎？」逸淙故作神秘。

茂泉思索數秒，搖一搖頭。

「我們的對手在這裏。」逸淙攤開雙手，突然消失於視線中。

「無聊。」茂泉不禁失笑。他模仿逸淙把整個人浸在水裏，立時覓得一片清靜，心情亦稍為放鬆。

「謝謝你。」

「感謝的說話留待衝線之後再說吧。」

一聲鳴槍，一字排開的選手都一同出發，浪花四濺。茂泉在換氣時，不小心被其他選手激起的海水嗆到，一時亂了節奏，不止一次撞到逸淙的手掌。他感覺到領航繩不斷向前拉扯他的大腿，意味着他正在拖慢逸淙。

比賽開始之後，逸淙幾乎什麼都看不到，他的視野本來已經很狹隘，海裏的能見度亦因為眾多選手同時划水而變得更低。逸淙只能一味低頭前進，將領航的責任完全交給拍檔。

——現在是排第幾呢？

每次在海裏逸淙都會感到莫名的不安，令他總會不自覺地加快踢腿的頻率，在今天的比賽裏當然也不例外。在水裏的感覺始終沒有在陸地上踏實，即使領航繩斷掉他也未必能即時知道，而在海裏游錯方向，有可能在沒人發現的情況下愈游愈遠，直到筋疲力竭都還沒到岸。

——三項之中我最討厭就是游泳。黑漆漆又漫無目的。

逸淙一直游一直游，茂泉也只能硬着頭皮跟上他的節奏。茂泉要在海中用力划手踢腿，還要不時抬頭望清方向，體力消耗理應比想像中大得多，但茂泉此刻的腎上腺素運行全身，他絲毫未感到疲累，呼吸雖然快速但節奏也比出發前時穩定。

茂泉處於逸淙左方的位置，每划兩次手換氣時，他都會確認逸淙的位置，但茂泉不敢回頭，他怕一回頭就會被洶湧的人浪吞噬。

游着游着，終於到達折返點的浮波，茂泉慶幸他們正處於中間的名次。他記得逸淙在賽前說過，今次的參賽目標是順利完成，但逸淙現在看起來卻有點焦急。

——他是想證明自己並不差過正常人嗎？但怎樣才叫正常人呢？四肢健全就是正常人嗎？視障運動員就不是正常人嗎？

太陽悄悄爬上青空，海水漸漸升溫。茂泉一邊游一邊思考何謂「正常」，浸在水裏時，卻總會聽到猶如馬達般的踢腿聲此起彼落，一再打斷他的思緒，害他直至游抵終點亦沒有想到合理的答案。

茂泉撓着逸淙的手臂，一同急步跑上岸。他赤足首次踏上轉換區的藍地毯，凹凸不平的觸感自腳掌傳來，異樣的興奮從燦爛的笑容中表露無遺。

相隔差不多半小時，終於聽到逸淙的聲音。

「還行嗎？」逸淙自行脱下泳鏡泳帽，露齒笑説。

茂泉點一點頭，迅速卸下領航繩，扶着逸淙赤腳跑往單車停泊區。在茂泉整理濕漉漉的泳具時，逸淙已急不及待地伸手摸索單車的位置，但卻不斷撲空，直至茂泉扶着他的腰，將逸淙轉向座位，他才摸得到自己的裝備。

「原來你還沒完全看得清楚。」茂泉扣緊頭盔説道。

「待在漆黑的海裏太久，要一點時間適應光線。」逸淙戴上墨鏡，視力漸漸恢複，最先看到的是茂泉鮮豔的粉綠色戰衣，然後才看到背心上粗體的「GUIDE」。

「比賽後我要吃香印青提。」逸淙突然説道。

「什麼提子？」茂泉早習慣了逸淙莫名其妙的説話。

「即是麝香葡萄。」逸淙嘗試解釋。

「比賽之後再算吧。」茂泉對於逸淙的莫名已習以為常。

茂泉推着前方的扶手，逸淙扶着後方的座位，兩人合力把白色單車推到起跑線。

稍稍拖慢速度的茂泉，盯着前方倒數：「3……2……1……」

「上！」異口同聲的兩人，同時左腳用力蹬地，精巧地把腳掌套進預先裝附在踏板的單車鞋裏，再一氣跨起右腳跳到各自的座位，抓緊扶手保持平衡。茂泉和逸淙撐過一刹激烈的搖晃，贏得賽道兩旁觀眾的熱烈掌聲。

「成功了！」逸淙握緊拳頭歡呼。

「不枉我們摔了這麼多次。」

——你體驗一下就會明白。

茂泉突然想起了煦雪初次見面時的叮囑。

為了練成這個瀟灑的上車技巧，茂泉「體驗」了不止一下跌倒，他當時並不明白逸淙為何要堅持在轉項時用這個姿勢，這個高風險動作只能帶來幾秒優勢，不慎翻車的話更要賠上好幾倍的時間。也難怪逸淙的前領航員大師兄不願意配合他，而是採用更安全的方法，乾脆把車停下來等兩人都上車後才再出發。

直至看到前面的選手接二連三地邊跑邊跳上車，茂泉才恍然大悟。原來煦雪所說的「體驗一下就會明白」，指的並不是領航員的職責或是互相配合的難度，而是逸淙對於「正常」的執著。

他想證明自己不比健全的運動員差。正常人做得到的事，他同樣做得到。

——但其實兩人同時跨步上車可比單人要困難得多，難度隨時不止一倍吧？

「我們游了多久？」逸淙的聲音被風削弱從後方傳來。

茂泉低頭瞄一眼電子錶，答道：「二十五分四十八秒。」

「我們好像是訂立了二十五分鐘以內的目標吧。」逸淙稍為失望地皺眉答道。「不過與預期中也不是差太遠，繼續努力吧。我們還有機會追上。」

茂泉此刻專注地望着賽道，沒空分心回應。

「前面二十米轉左。」

聽到茂泉的指示，逸淙馬上停止踩踏，單車繼續順勢而去。入彎時茂泉先行微微傾斜，逸淙隨之跟着轉移重心，當他感受到齒輪再次轉動，大腿又趕緊發力。

無需隻言片語，兩人的動作已同步得彷如一部機械。

烈日當空，兩人都被曝曬得汗流浹背，不斷發出指示的茂泉感到喉嚨特別乾涸。

「我想喝水。」

「先超越前面的那人吧。」逸淙前方的視野即使全被擋着，但他聽到另一組齒輪咬合的聲音，看準在爬坡上斜是超車的好時機，不想在此時減慢速度。

「好吧。」茂泉已經不會再為逸淙比雷達還要敏銳的聽覺而驚訝。

「Up! Up! Up!」大聲叫喊加速指示的竟是坐在後方的逸淙。

兩人提升踩踏頻率之際，突然一陣強風吹過，捲起地上的落葉，單車也像裝上了噴射器一樣乘着風前進，不消幾下功夫，他們便飛快地超越了前面的對手。

「你這捕捉風的流動的神乎其技真是百看不厭。」

茂泉把身子稍稍傾向右側，逸淙有默契地彎腰取出水樽。

「你的獎勵。」

「謝謝。」

茂泉用單手擠壓出水柱噴進口裏止渴，然後逸淙接過水樽，緊咬壓蓋補充水分。

上坡路過後，是一段長長的暗斜下坡，然後便折返，沿平路踩一圈再來上斜，總共要踩四圈。

兩人在下坡和平路時緊貼前車，再在上斜時依靠風的推進爬頭，接連在每圈超越一人。

去到最後一圈的最後一段平路，茂泉的視線範圍內出現了另一位選手。

茂泉問道：「要追嗎？」

逸淙嘴角微翹，透過加快驅動齒輪作出回應。

不過，眼前的金髮選手似乎也察覺到他們的追擊，同樣提升了速度，保持大約三個車位距離的領先優勢。

兩架單車，三位選手，四個車輪，再拚多五百米還是沒分出勝負。轉項區近在眼前，路面漸漸被圓錐形雪糕筒收窄，茂泉知道若不在此時超車，就再也沒有機會，但勉強爬頭同時亦會有相撞的風險。

「算了吧？」茂泉想起了逸淙說過的志在參與。

「Up! Up! Up!」逸淙繼續喊道。

「但是……」茂泉稍為遲疑，卻沒有繼續說下去。他轉為握着兩側的彎把，把身子壓前以減低風阻。

茂泉看到左邊有大約兩個身位的空隙。他將車頭扭向左方，使勁地踩踏，拚命地想從左側超車。他們與金髮選手並排一瞬間後又被反超前，茂泉不甘心地再度提速，卻沒注意到前方的地上有一個倒下了的雪糕筒。

茂泉發現時已來不及減速收掣，幸好有足夠的衝力把雪糕筒撞飛。茂泉繼續使勁地踩，二人終於在最後關頭超越了對手。

然而，金髮選手的前車輪卻不幸被滾動中的雪糕筒卡了一下，滑胎向前撞到了茂泉他們的後車輪。

三人同時失去平衡倒地。

風景突然靜止不動，只得白雲靜靜地飄浮。

——為什麼會看得見天空呢？

藍天與白雪。很優美，很悠閒，茂泉很想就此躺下睡一場。他的眼皮變得沉重，視野開始模糊，直至他聽到逸淙的呼喊。

「泉哥！」

茂泉猛地醒來，瞬間意識到摔車的事實。

「淙淙，你有沒有受傷？」

茂泉想要站起來搜尋逸淙，卻發現眼前已經有一隻手在等待他，他欣然握緊，讓逸淙把他拉了起來。

幸好，兩人都只是受了皮外傷，迅速回到車上準備重新出發。同時倒下的金髮選手也沒有大礙，比茂泉和逸淙更早地坐到單車上，但他卻沒有前進，而是回頭怒目而視。

「你們急什麼？」金髮選手理直氣壯地問。

「只是意外，大家都不想發生。」茂泉把腳放到地上。

「殘廢賽只有你們一組人，你們急什麼？」他再度追問。

「我們是雙人組，不是殘廢組。」茂泉搶着糾正。

「今天來的所有人都是為了比賽，看到前面有人，當然會全力以赴。」逸淙用力蹬地讓單車垂直，不想再浪費時間。

兩人再度出發，逐漸加速，駛過那人時，他又再次喊道：「就算你們贏了，也只是殘廢組冠軍。死盲佬。」

茂泉再次把車停下了來。「你說什麼？」

「再吠大聲一點吧。導盲犬。」

「有種你便再說一次。」茂泉跨過座位，走下車打算與那人理論。

「一個死盲佬，一隻導盲犬。」那戴着銀耳環的金髮選手囂張地伸出他的手臂。「咬我吧！我不怕瘋狗症的。」

「你這個人渣。」茂泉失控似的跑向那人。

「停手！」逸淙喊停了茂泉。「運動員之間的爭拗就該用運動來解決。」

茂泉定格數秒，一言不發地回頭跑向單車的前座。他很佩服逸淙面對辱罵可以這樣冷靜，而他也意識到即使把這個人毒打一頓也沒有任何意義，還有機會被大會取消資格甚至禁賽。

「我們用實力來擊敗他，他自然就會閉嘴。」茂泉雙腳踩踏令車輪再次轉動。

兩人再沒理會那人的叫囂，筆直地駛往不遠處的轉換區。踏上藍地毯後，兩人便下車把單車推往單車架。他們迅速脫掉頭盔，先穿好跑鞋的茂泉拿出領跑繩，待逸淙準備好後便將一端交給他。

「最後十公里了。」逸淙笑容滿臉，未見倦容。雖然三項鐵人的路程比起傷殘三項鐵人多一倍，但他並不討厭與健全選手一同作賽。「還行嗎？」

茂泉豎起拇指。「不過因為剛剛的意外，我們好像已經被領先的人拋離好一段距離。」

「有競爭才有進步。」逸淙盯緊前方的人影，美麗的風景都不在眼內。

今天的跑步路段是要在全長約兩公里的水壩上來回跑，總共五次。

在這個電子世代，幾乎所有跑手在練習甚至比賽時都會配備一隻手錶，在跑步時可以輔助配速，完成訓練後亦能用來分析步頻與心跳等數據以提升訓練效率。其實茂泉早陣子花了很長時間熟習這設備，因他害怕一不小心按錯某個按鈕就會影響到比賽。

跑了大約三分鐘，茂泉望一望左腕上的電子錶，問：「現在的配速比預期中快了十秒，我們要放慢一點嗎？」

「我現在排第幾？」逸淙問。

「我不清楚。但我現在看到有三個人，再遠一點就看不清楚了。」

透過繩傳來的拉扯，逸淙感覺到茂泉還想再加速。

「不要緊。調整呼吸，我們按自己的速度跑就好。」

茂泉稍微放慢了腳步，然而眼前對手的身影逐漸變得細小卻令他感到焦躁，左腳不時踢到自己的右腳。他覺得逸淙其實是想盡力追上去，卻因為要顧及自己的狀況，才提出要減速。但茂泉最後還是決定遵從逸淙的指示，將配速調整為練習時預想的。

經過加水站的時候，茂泉從工作人員手中接過水樽，把水倒在自己及逸淙的頭頂來降溫。跑了整條大壩的去程，他們保持着速度，稍微拉近了與白色背心大叔的距離。在折返時茂泉捉住逸淙的手臂協助他一百八十度轉彎，面向直路時又再加速。

茂泉記得逸淙說過，跑步的時候最好放空腦袋，把精神都專注在如何跨好每一步，如何保持呼吸的節奏。雖然偶爾會有一些雜念鑽進來，但通常不會滯留太久，只要專注於自己的步伐，煩惱很快便會被別的想法取替，而那些想法又會被新的想法取替。他說，跑着跑着，轉眼間就會到達終點。

但剛剛那個人說的一句話卻在茂泉腦中揮之不去。

——就算你們贏了，也只是殘廢組冠軍。

為什麼我會在跑步呢？茂泉跑着跑着把比賽的目的連同汗水都拋在腦後。

——是因為今天的天氣很好嗎？那不是更應該停下來慢慢欣賞風景嗎？

為什麼要跑得這麼辛苦呢？即使跑慢一點，名次也沒有分別。是為了快點回家休息嗎？但現在家裏沒有任何人。母親兩天前因為腹膜感染入院，這已經是兩年來的第三次，抗生素療程最快也要下一個星期才完成。

那當是為了趕去醫院探母親吧？但現在還沒到探病時間……

「是因為要跑到終點。」逸淙好像從手中繩索傳來的震動猜到了茂泉的心思。

「是的，我們要一起衝線。」茂泉提起精神地說。

「專注在眼前的那人就好。」逸淙拿起尚未完全緊閉的拳頭放在眼前。

茂泉慚愧地笑說：「作為領航員竟然要三番四次被你提醒。」

就是這樣，兩人總算找回節奏，除了路面狀況的提醒外，都沒有說多餘的話，保持着速度完成了八公里，轉眼就只剩下最後兩公里的大直路。

在大壩來回奔跑的期間，茂泉確認了暫時的名次，他們現在總排行第四。換言之，只要多追過一人，他們就能夠贏得獎牌。

雖然逸淙是有說過志在參與，但茂泉好像覺得第四與第三的距離，比起第二與第一的距離還要遠。就試試看能不能追吧。

可是，茂泉不知道應該在這裏加速緊貼，還是留力在最後階段才衝刺。

逸淙好像又看穿了他的心思，說：「不被拋離就好，跟練習時一樣，在最後一公里才加速。」

「知道。」

再多跑五百米，茂泉感覺自己的狀態比練習時更好，看到前面的人好像愈來愈遠，心裏就愈來愈焦躁，不自覺地想要提早加速，逸淙這次也沒有阻止他。

兩人慢慢追近，在還有一公里的時候終於與白色背心大叔並排，大叔當然也不想把垂手所得的獎牌拱手相讓，拚了命的不把位置讓出去。此時，茂泉開始覺得呼吸的節奏變亂，雙腳也變得沉重。

力不從心的感覺讓他有點後悔自己太早加速。

他想要停下來休息，但他知道這不是只有他一個人的比賽。

「還要跑多遠？」茂泉問道。

「應該快到了。」

茂泉在發問後才發現逸淙不可能比他更清楚尚有多遠才到終點。他猜測至少還有五百米。但他的雙腳已經開始不聽使喚，軟弱無力地漸漸失速。

「應該還沒到終點吧，撐下去！」逸淙隱約察覺到茂泉不妥。

「你先走吧。」茂泉說。「我們現在排第四，距離第三的那個人只有十米。」

「怎麼可能拋下你一個？」逸淙不願離去。

兩人與前面的人愈來愈遠，但後面原來也有追兵。

「咦？導盲犬怎麼變成喪家犬了？」之前與他們一同摔車的金髮選手如風一般從後趕上，狠狠地拋下一句。

茂泉變得更加自責，如果不是他一意孤行提早加速，他們就不會被這個惡言相向的人追過。

「保持這個速度就好。」逸淙帶點不甘心地說。

「這裏是直路。我知道你還有體力的。」茂泉突然解開了纏於自己手腕的紫色領跑繩。

「但是……」逸淙仍保持着與茂泉差不多的速度在跑。

「不要但是了，快點去吧。」茂泉用手在逸淙背後推了一把，「終點見。」

逸淙如脫韁的野馬般跑了出去。他知道，全力衝刺才是對茂泉犧牲的最好回應，勉強一起衝線只會令茂泉更自責。

茂泉如釋重負同時也失去了向前的動力，他不再奔跑，變成慢慢地步行。他想要為逸淙吶喊，但他連呼叫的力氣也沒有了。

茂泉緩緩地走向終點，但走了幾步卻發現小腳在抽搐。他只能坐在大壩的一旁拉筋，一邊忍受痛楚，一邊看着其他人輕鬆地把他超越。

——想不到第一次比賽就無法完成。

茂泉乾脆倒臥在粗糙不平的瀝青地，隔着墨鏡凝望天空，觀看白雲的流動。

時間彷彿靜止，運轉的只有自身以外的世界。

驀然，冒出一個人頭遮蔽了茂泉的視線。

「先生，在等人嗎？」

尖長的臉孔，蓬鬆的短髮，露齒的笑容。

是黃逸淙。

「我扶你回去。」逸淙今天第二次向倒下的茂泉伸出援手。

「最後贏了嗎？」

逸淙舉起四隻手指。

「第四名也好。如果不是我，你應該可以拿獎牌的。」茂泉失落地說。

「我意思是快他四秒。」逸淙將茂泉的手搭在自己的肩膀。「快點起來吧，頒獎禮要開始了。」

STEP 5

頑石

汗珠懶理「杓穗」的挽留，沿着面頰滑到下巴，交匯成更大顆的汗珠，徐徐掉落到地上。正在做平板支撐的茂泉感覺到腹肌在撕裂，但這種痛苦卻令他感到舒暢。經歷完幾天前未能完成比賽的狼狽，現在每次訓練結束後，他總會再加操。

當然是在不會受傷的前提下。

「你這幾天都好少説話。」逸淙的波鞋闖進了茂泉的視野。

茂泉沒有答話，直到倒數時計響起，他才讓雙膝着地，按停逸淙送他的舊手機。

「我不想再成為你的負累。」

「下一次比賽的末段應該不會再是直路，到時我可要靠你了。」逸淙蹲下身子説。

「其實，你有想過趁着還有時間，找另一個人當你的領航員嗎？」茂泉躺在地上喘息。「我未必是最適合的人選。」

「香港的三項鐵人中，比我快的都是現役運動員。但他們不可能當我的領航員。説到退役運動員，他們全都比我慢，我亦都很難要求他們再進步。

雖然你暫時的成績不及現役選手，但假以時日，我覺得你有機會打敗他們的。」逸淙比擬一下打水漂的姿勢。「我相信我自己選石頭的眼光。」

「我覺得是你高估了我。我可能是一塊只能彈跳幾下的頑石。」茂泉想起了那次在大澳石灘打水漂的場景。

「不會。只要經過悉心的斧鑿，你一定會閃閃發光。」

「不要再讚我了。我根本不是你經常掛在口邊的天才。」茂泉有點不耐煩地說。

「無論是天才與否，還是要努力才能成功。」逸淙望一望手錶。「我先不跟你說，我趕着出去。」

「你去哪？」

「秘密。」逸淙豎起手指放到唇邊。「你要是想知道我也可以帶你一起去，但你一定不可以告訴雪姐。」

「要視乎什麼事。」茂泉認真地說。

「你這個木頭腦袋。」逸淙低聲笑罵。「跟我來吧。」

簡單梳洗過後，茂泉跟着逸淙來到體育學院附近的工廠區。本來低着頭看手機的逸淙，沒有多加解釋便突然起跑，茂泉只好帶着疑惑跟在他背後。正當他以為逸淙是要進行秘密街跑操練，逸淙卻在街口一間漢堡店前停下腳步。

「原來你是想偷偷出來吃垃圾食物。」茂泉像是小學風紀發現有人行樓梯檻級般雀躍。

逸淙微笑不語走進餐廳，很快便拿着外賣紙袋出來。

「有什麼吃？」

逸淙望着紙袋上的單據説道：「手撕豬肉漢堡，炸洋蔥圈。」

「我們怎麼不堂食？洋蔥圈冷了不好吃。」茂泉問。

「待會你就知道。」逸淙故弄玄虛，開始慢跑，卻不是向着體院的方向。

結果逸淙在一間舊式工廠大廈前停下，走進升降機後還要手動關上鐵閘。茂泉相信這是逸淙的秘密基地，對於自己被信任，並被帶到此處有一絲驚喜，直至他看到逸淙按下門鈴。

「原來你是在送外賣？」茂泉在門關上後問道。

「不然呢？海外集訓的旅費可要自己賺呢。」逸淙偷笑。

「還以為你鬼鬼祟祟是有什麼不軌企圖。」

「千萬不要讓煦雪知道，她不准我做兼職，怕我受傷，但我才不想用女人的錢。」

「你在人來人往的街上跑真的有機會絆倒或撞傷。」

「工廠區已經不算多人，而且途人看到有人在奔跑自然會避開。」

「小心為上。對了，你說的海外集訓是在什麼時候？」

「一個月後。」

茂泉既緊張又期待，因為他從沒有離開過香港旅行。

自從知道要海外集訓後，茂泉好像總是神不守舍。兩天後便出發，但茂泉依然失魂。例如把泳帽漏在更衣室，水樽留在單車，練跑的最後階段沒有加速，以為自己還有一圈要跑。

看到茂泉在訓練完結後坐在看台的樓梯不願離去，逸淙主動跑過去。

「有什麼心事嗎？」

「沒事。」一臉苦惱的茂泉使勁地搖頭。

「你的表情出賣你了。」

「我……遲些告訴你。」不想說謊的茂泉欲言又止。

「不開心就跑步。跑完就沒煩惱了。」

茂泉靜默了一會，從階級上彈了起來。「跑就跑吧。」

「要比賽嗎？」

「慢慢跑就好。」茂泉沒幹勁地說道。

「我們很久沒比賽了吧？」逸淙蠢蠢欲動。

「贏了又沒有獎勵。」茂泉一邊綁鞋帶一邊說道。

「一支可口可樂。」逸淙舉起一隻手指。

「不要。」

「兩支。」逸淙再舉起多一隻手指。

「成交。」茂泉終於露出笑容。

逸淙選了最內側的賽道，茂泉則是在從右方開始數的第三條跑道蹲了下來。因為是四百米的比賽，所以不用切線，而外側的彎道比較長，所以起跑點會在前一點的位置。

「各就位……」在後方的逸淙負責倒數，他前膝跪在地面，臀部則坐在後腳的腳踝，雙手虎口成V字形撐立於白線後。

「預備……」兩人臀部上舉，將身體重心移至雙手和前足。

「嗶！」逸淙模仿號令的槍聲，雙手立即離地前後揮振。茂泉在聽到逸淙的呼喊後亦立即起跑，雙腳推蹬地面跨步前進。

雖然是在夜間，但運動場內光線充足，逸淙的視野在熟悉的場地亦不會受到影響。他眼望前方，一瞬間已追至與茂泉平排，離開彎道前已經超越了茂泉。

茂泉勉強在直路保持與逸淙的距離，儘量不被拋開，但他知道接下來的一百米彎道比較長，換句話說，他現正落後不少。

——母親之前可以康復，這次一定也可以順利出院的。她說過會看我代表香港比賽的。

茂泉全身力量突然湧現，加緊腳步提升速度。進入彎道後，茂泉逐步拉近距離，在彎道的後半段反超前逸淙，兩人並排進入最後一百米的直路。

求勝心旺盛的茂泉只顧盯着前方，榨盡每一滴力氣揮臂，忍着疲軟蹬地跨出每一步，壓前衝線後怒吼一聲。茂泉沒有立刻停下，而是漸漸放慢腳步。

「是你贏了。」逸淙邊喘邊說。

「你是知道我心情不好，才讓我贏嗎？」茂泉扶着欄杆喘息。

「你覺得我是這樣沒有體育精神的人嗎？」

「不是。」

「你也該承認你進步了吧。短途我真的不夠你快，爆發力不是我的強項，不過長途我還是有信心的。」

茂泉抬頭望着彎刀似的孤月。「真的公平嗎？我只練習了一兩個月就跑得比你快。」

「跑步的世界沒有公平。若果真的要比較，也是上天對你比較不公，竟然這麼遲才讓你接觸到三項鐵人這運動。如果你在我這個年紀開始訓練，你可能早就成為世界冠軍了。」

「不可能的吧。」即使事實擺在眼前，茂泉還是不敢相信。「而且，當上了世界冠軍又怎樣？」

逸淙走到茂泉身旁，伸手搭着他的膊頭說：「當上了世界冠軍，就有人會相信你。歷史從來是由勝利者書寫的。到時候你就可以為自己伸冤。」

「真的嗎？」茂泉抱有懷疑地問。

「你也沒有其他選擇吧。要多比一次嗎？」逸淙有點不甘心。

茂泉雖然也有點疲累，但又想再一次感受勝利的爽快感。「好的。」

「這次我們比一百米。」逸淙自信地說。

「一百米？」茂泉有點驚訝，明明逸淙剛剛才與自己短跑並敗下陣來。

「不過這一次要閉上眼睛跑。」逸淙胸有成竹。

「閉上眼？」

「對。」

「輸了的要請喝一支汽水。」

「兩支吧。」茂泉舉起勝利手勢笑説。

在逸淙的倒數下，兩人再次同時狂奔。

茂泉閉上眼睛跑了幾步，突然發現不安感在內心迅速膨脹，他不敢大步跨出去，也不敢用力揮手。即使知道是在跑一百米直線，他也很擔心自己會跑出界外，同時害怕自己會忽然被撞傷或是被絆倒。茂泉很想睜開眼睛重奪光明，但他知道這等同放棄比賽，甚至可以説是作弊。

逸淙抵達終點時回頭一看，只見茂泉仍緊閉着雙眼，慢慢地緩步向前跑。「還有五十米！加油！」他一邊拍手一邊鼓勵。

茂泉繼續嘗試克服恐懼，最終用了差不多半分鐘的時間才完成一百米。

「閉上眼跑步，原來是這麼恐怖的。」茂泉睜開眼説道。

「跑多了就會習慣。」逸淙伸出右手與茂泉擊掌。

STEP 6

琉球

「客機正通過一段氣流，乘客請留在座位，直到安全帶燈號熄滅。」

空姐的即時廣播響徹機艙，大部分乘客對這耳熟能詳的對白都無動於衷，看書的人繼續翻閱，聽歌的人繼續律動，裝睡的人繼續閉眼，唯獨想去廁所的人因而變得坐立不安。茂泉並沒有在憋尿，但他用力握着座位兩邊扶手，雙眼緊閉。即使客機沒在晃動，他的身體也不住顫抖。飛機穿過雲層時的輕微搖晃，茂泉都嚇得要死，以為快要墜機。

「第一次總是會緊張一點。」坐在中間位置的逸淙見狀，咧嘴笑説道。

「你滿腦子總是色情。」走廊位上的煦雪反一反白眼。

「是你自己想歪，我是説第一次搭飛機。」

「還有多久才到？」茂泉結結巴巴地問。

「已經大半程了，應該還有半個小時吧。」逸淙望一望手錶。

「早知你會這樣驚驚青青，我就不會把窗口位讓給你。」煦雪抱怨。「你都沒看過窗外一眼。」

「回程的時候給你坐吧。」最初提議讓第一次出外旅遊的茂泉坐窗口位的逸淙説道。

逸淙之後發現茂泉已悄然睡着，也就沒有再開口説話。待茂泉再醒來時，航機已經順利降落。

「終於回到鄉下了。」煦雪在等候過關時説。

「哦……原來你是日本人。」茂泉早覺得大眼睛的煦雪有點像混血兒。

「泉哥，你想多了。雖然大家都叫她雪妖，但她當然不是『卡娃兒』的日本妹。哎喲……」逸淙被煦雪的手肘撞了一下。「只不過有不少喜愛到日本旅遊的香港人，都習慣了叫日本做鄉下。但我覺得來沖繩應該不算回鄉。」

「為什麼？沖繩也是日本國土呀。」煦雪指着大堂各處的日文漢字。

「沖繩是眾多日本縣市中最不像日本的一個。」

「為什麼這樣説？」茂泉好奇地問。

「這可要由琉球王國的歷史説起。遲些再慢慢告訴你吧。」逸淙先賣個關字，朝着向他招手的入境櫃位走去。

可能是因為疫情的關係，幾乎沒有外地旅客，所以逸淙一行人比起本地人還要迅速完成所有過關手續。逸淙與煦雪負責去拿行李箱，茂泉則負責提取用巨型袋子包裹的二人單車。機場職員看到他們行囊眾多，很有禮貌地指示他們去乘接駁巴士到租車店。租車店的職員也很有禮貌地接待他們，仔細地與茂泉一同把七人車檢驗，然後就把車匙交給了他。

「給你。」茂泉帶着不捨把車匙轉交給煦雪，然後打開後座的門。「日本人真的很友善。」

「也許是香港人太刻薄。」煦雪逐一調校座位與車鏡。

坐到副駕座位上的逸淙，讀出一串意義不明的數字。「33-632-716。」

「33-632-716。」煦雪一邊重複這串數字，一邊扭動着波箱旁邊的圓形按鈕。

「找到了。」她拉下頭髮上的墨鏡及手中波棍，單手持軚把車駛出。

「找到了什麼？」茂泉探頭問道。

「集合的地方。」逸淙降下車窗任由海風吹拂。「日本大部分地方都有一個 MapCode，只要輸入正確的 MapCode 就能開始汽車導航。」

「淙仔，你看，這裏有個很有趣的顯示屏。」煦雪指着軚盤上方的擋風玻璃。「不但會顯示車速，也會提供導航資訊，有多少條行車線，或是多少米後轉彎都有提醒，感覺有點像打遊戲機。」

「從我這個角度是看不到的。你那個應該是叫投射式行車資訊顯示屏的功能。」逸淙專業地說。「其實香港的這款車也有這個功能，不過卻被閹割成只餘下顯示車速的功能。」

「真可惜。」茂泉同時為車的閹割與逸淙的遭遇感到惋惜。

「對啊。很多本來很美好的東西，一來到香港都會變質。」煦雪答道。

「媽的！前面這貨車也太慢了吧！」

聽到煦雪突然喝罵，茂泉不禁失笑，心想：你坐上司機位後也好像有點變質。

沿途上煦雪不斷換線，很快就把帶他們到達集合的渡假村。

「歡迎你們。」戴着鴨舌帽，一身炭黑皮膚的大叔伸出右手。

「こんにちは。」煦雪一邊握手，一邊用不太標準的日語及港式國語回應。「健太監督，久仰大名。」

上原健太拿出兩條鑰匙，指着密集的短樹旁一棟兩層的別墅。「幸會，你們香港隊的房間在那邊。」

「哪些是菠蘿樹嗎？」看到鮮豔的橘色果實，逸淙忍不住地流口水。

「雖然長得很像，不過那是阿檀樹的果實。」

「好吃的嗎？」逸淙追問。

黝黑的膚色令露出的牙齒更顯潔白，健太燦爛地笑説：「曾經有傳言説這果實有毒，但實際上是可以食用的，不過因為處理的過程很麻煩，而且口感奇怪得像粉糊，所以現在都沒人會食了。」

「可惜。」逸淙把注意力放到其他率先到達的選手之上，茂泉亦跟着他一同慢慢步遠。

露天操場內，有人撐着拐杖，有人坐着輪椅，有人換上義肢，但這些都不是逸淙的目標。看到健太已經走去接待其他選手，逸淙便急腳跑回去問煦雪：「朴俊泰還沒到嗎？」

「我沒告訴你嗎？這次聯合訓練只有中國、日本及台灣選手參與。你應該要在比賽當天才會看到他。」

「是嗎？」逸淙略顯失望。「還以為可以與世界冠軍一同練習。」

「當你成為世界冠軍，我們就可以與世界冠軍一同練習了。」煦雪打趣説道。「快點去更衣吧，別要人家等太久。」

換上運動服後，一行三人走到附近的海邊運動場集合。他們一邊拉筋，一邊聽着訓練營的負責人——來自沖繩本土的上原健太講解訓練營的流程。前兩天主要是各隊之間的交流以及聯合練習，而在第三天，所有人都會參加雲集了各地好手的世界殘疾三項鐵人賽。

「希望大家在這次的集訓都能有所得着。再次感謝各位出席。」健太彎腰致謝。

「他説的國語好像比我倆還要標準。」逸淙笑説。

「我記得他好像曾經在台灣留學過一段時間。」煦雪摸着下巴回答。

「好吧，我們去慢跑。」逸淙拍一拍茂泉的後背，站起來伸個懶腰。

參與這次訓練營的視障選手總共有八對組合，三組來自日本，兩組來自中國，兩組來自台灣，一組來自香港。除了逸淙與一個台灣選手外，其餘的選手都是完全失明。如果他們不用手杖支撐自己，就需要領航員在身邊一直扶着他們。

「有一天我也可能會變成這樣。」緩步跑時逸淙輕描淡寫地向茂泉說。

「你不是上星期才看完眼科醫生嗎？醫生怎樣說？」

「醫生說暫時狀況良好，但也不能排除未來會惡化。」逸淙除了要定時復診眼科，白天亦需要配戴可吸收紫外光的墨鏡，以保護脆弱的視網膜。

「可以選擇的話，你寧願天生失明，還是逐漸失明？」茂泉突然問道。

「當然是逐漸失明。」逸淙毫不猶豫地答。

「但若從沒有得到過，就算失去也不會感到可惜吧。」

「總好過未曾擁有。世界這麼美麗，一眼也沒看過也太可惜了。」逸淙的臉上閃過一剎悲傷。

「對了，我們也要試試看轉做綁腰跑步嗎？」茂泉發現在場不少組合都是用綁腰的方法，而不是像他倆一樣用手握短繩。

他們在最初練習時也試過套腰，卻因為跑起來的時候很容易跑錯方向，而且缺乏安全感，所有最後還是轉用了手繩。但其實手繩對於兩人的限制也會比較多，擺動雙手的時候也沒那麼自然。

「既然完全失明的人也可以用綁腰，我沒理由不行吧？」逸淙又回復平時自信的樣子。

「我們儘管試試看。」

兩人各自套了一條腰帶，配以彈性的幼繩聯繫。他們先在直路上嘗試，發現比最初練習時更順利，茂泉會在逸淙稍稍偏離時便作出提醒，逸淙亦覺得這樣跑起來比較沒有拘束。但在轉彎時，他們卻發現有點難捉摸距離，逸淙經常會向外跑得太遠，茂泉試着抓住他的手臂引導他轉彎，卻總是拿捏不到節奏而經常撞到手肘。

「還是放棄吧。好像沒必要在比賽前臨時轉換領跑繩的方式。」嘗試數次的效果也不是太理想，逸淙除下腰間的繩套説道。

「我也只是想試試看，如果成功的話我們還可能跑得更快。又或者，我們可以問一問其他人是怎樣配合？」

「別傻了，我們可是他們的競爭對手，他們怎麼可能會教我們？」逸淙對於其他人的指導不抱期望。

「你不是說對手只在這裏嗎？」茂泉舉起他的雙手，然後冒昧走近其中一組正在休息的組合，詢問數句後卻發現他們來自日本，只懂說簡單的英語。

茂泉煩惱之際，滿面笑容的健太主動走過來。「來自香港的朋友，我可以幫忙翻譯。」

「謝謝你。」茂泉恭敬地點頭。「麻煩你幫我問一問領航員，跑步時若果把領跑繩套腰有沒有什麼配合的要訣？」

「好的。」

健太將茂泉的疑問翻譯成日語，那對日本組合一邊聽一邊點頭，然後輪流回答，說得興起時又會相視大笑，茂泉即使聽不懂回答內容，也聽得出他們感情很要好。有趣的是，這對組合的領航員看起來比選手還要年輕。

「他們說，其實最重要的是溝通。溝通比默契更重要。因為套腰比起用手握繩的安全感少得多，所以當選手感覺到失去方向感時，可以主動要求領航員扶一扶他，不一定要等領航員主動發現偏離方向時才出手。」健太一邊回想剛才的對話一邊説道。「你們之間也可以訂立一些暗號，方便溝通。」

「明白。那麼轉彎時應該是我主動握着選手的手臂，還是由選手抓住我的手臂？」茂泉續問。

「那就留給你們自己探索了。我自己的經驗是，不用分得太清楚誰是領航員，誰是選手，你們都是有着共同目標的共同體。有時不一定是你協助他，他也會有協助你的時候。」

「你可以幫我多問一句，我可以留在這裏觀摩他們訓練嗎？」茂泉問道。

「這當然可以，我這個教練批准就沒問題了。」健太高舉他的拇指，露出燦白的牙齒。

茂泉之後向逸淙分享他與健太交流的心得，商量過後，逸淙都願意再度嘗試。他們由午飯後一直練習到黃昏，手肘總算不會互相碰到，訂立暗號之後在轉彎時也配合得很好，所以兩人決定在比賽當日轉用套腰試試看實際效果。

晚飯過後，茂泉完成沐浴更衣，躺在牀上，閉上眼睛在腦內演練明天的狀況，光是在水中起步就已經模擬了五次。

突然，傳來連續的敲門聲，茂泉在防盜眼中看到頭髮濕透的鄭煦雪。

「逸淙不在這裏吧？」煦雪神色緊張地問。

「不在啊。怎麼了？」茂泉問道。

「我有十分重要的事找你商量。」煦雪趕快走進房間，用後背關門。

「説吧。」

「但你千萬不可以告訴逸淙。」

「這我不能保證。」

「總之你別告訴他。」煦雪眉頭深皺。

「這要視乎你説的內容。」

煦雪放棄爭論，説道：「我收到逸淙家人的通知，他的婆婆在家中暈倒了，送到醫院後依然昏迷，情況危殆。他的家人知道明天是重要的比賽，所以問我應不應該通知逸淙。但我怕會影響他比賽的心情，也怕他會決定放棄比賽，提早趕回香港。他的婆婆很疼愛他的，我怕他會受不住打擊。」

「這真的是個兩難的決定。」茂泉認真地思考，「所以更加不應該由我們代他決定。」

「為什麼？」煦雪方寸大亂。

「他遲早都會知道，我們總不可能瞞他一世吧？他的家人總會告訴他，到時他也會自己去找婆婆。」

「但是我怕，如果影響到他比賽的話，他的家人會責怪我。」

「難道你就不怕逸淙會責怪你嗎？」

「但是……」

「這不應該由我或你來決定。生離死別很多時候都無法預測，可以好好道別是一種福氣。」茂泉心酸地說。「你也有你的道理。」煦雪點頭，致電逸淙說有重要事要告訴他，叫他儘快來到茂泉的房間。

一分鐘過後，門外便傳來急促的腳步聲，緊接是連續又強而有力的敲門聲。門還沒完全打開，逸淙已經溜了進來，他捉緊煦雪的雙肩，問道：「婆婆是不是出了什麼狀況？」

「有人告訴你了麼？」煦雪驚訝。

逸淙搖頭，「今天家裏的通訊羣組特別靜，連平常為我打氣的視訊通話都沒有安排，加上你剛剛的語氣，我隱約猜到應該是發生了什麼事。」

「婆婆她……今早突然中風了，現在昏迷不醒。」煦雪慢慢吐出。「你老媽子本來還叫我不要告訴你，怕你擔心。」

「你們沒有其他事瞞着我了吧？」

煦雪猛烈搖頭，茂泉此時卻開口：「其實我的母親患有長期腎病，這幾年也經常出入醫院。我自從知道要海外集訓後，便一直擔心她會不會在我離開香港時入院。我有想過退出這次集訓，但她卻叫我一定要來，因為她還要看我參加奧運。也因為這樣，我之前才有些心不在焉。很抱歉。」

「她還好嗎？」逸淙問。

「她在三天前再次因為腹膜感染而住院了，但剛剛跟她視訊通話的時候還很有精神。有心了。」

逸淙望一望天花板，再望着煦雪，緩緩説道：「我要回去了。」

「你真的決定不比賽了嗎？」煦雪以眼神向茂泉求助。

「我會尊重你的決定。」茂泉苦笑。

「我意思是，我要回去休息了。明天還要比賽。我答應過婆婆要成為世界冠軍。」逸淙拋下這句，便回到自己的房間。他脫光衣服，再次走進浴缸，不是拿着那慣用的手持花灑，而是扭開那從天而降的水龍頭。

抹乾身子後，逸淙錄了一句語音訊息給家人。

「不用擔心，我會與婆婆一起加油的。」

比賽當日，有二十多隊來自不同地方的組合聚集在海邊的比賽場地。除了視障組別之外，其他殘疾三項鐵人組別的比賽也在同一天進行。開賽前三十分鐘，茂泉與逸淙一同到轉項區作最後檢查，茂泉一直不敢開口詢問逸淙的婆婆的狀況。在藍地毯上走到半路，逸淙卻停在一架紅色的二人單車面前。

「怎麼了？」茂泉回頭問道。

「這就是朴俊泰騎的單車。」逸淙晃動他的脖子調整視野，仔細把別人的愛駒打量一番。

「朴俊泰是你之前提到的那個韓國選手嗎？」

「嗯。他是現役最強的視障三項鐵人。」

「你們認識嗎？」

「我認得他，但他不認得我。不過，今天比賽之後他就會認得我。」逸淙揚眉說。

逸淙伸手想要觸摸單車的支架，卻被趕到的另一位選手用英語喝止，他的紅藍色戰衣上印滿不同贊助商的名字。

「Hey, What are you doing?（喂，你在幹嗎？）」

「I……I just want to……（我……我只是想……）」逸淙一時語塞，不知怎樣解釋。

「I am going to report to the staff if you cannot give me a proper explanation.（如果你不快點給我一個合理的解釋，我就要去找大會職員投訴。）」那人不滿地雙手抱胸。

「He just want to take a look at the bike of his idol.（他只是想望一望他偶像的戰車。）」茂泉加入對話為逸淙解圍。

經過一輪調解，誤會終於解開，這個人原來是朴俊泰的領航員。此時，一個身型魁梧，同樣穿着紅藍色戰衣的人走了過來，他比逸淙和茂泉都還要高大，眼眉及額頭都有一道淺淺的疤痕。

一直默不作聲的逸淙認出那人是朴俊泰，走到他面前抬頭說：「I will win you tocay.（我今天會把你擊敗。）」

朴俊泰對着這來勢洶洶的陌生人感到一頭霧水，用韓文與他的領航員溝通，然後由他的領航員代為答道：「He said, you cannot win us.（他說，你不可能打敗我們。）」

「Nice to meet you both. See you later.（很高興認識你們，待會見吧。）」茂泉見勢色不對，便趕快拉走逸淙離開氣氛緊張的現場。

「泉哥，原來你英文說得這麼好。」被強行拖走的逸淙說道。

「我們專心接下來的比賽吧，做好自己就行了。」茂泉笑說。雖然他的英文只有中三不合格的程度，但以往與遊客打交道的經驗也大派用場。

「不，我一定要贏他。」逸淙磨拳擦掌地説。

由於這次參賽的選手全都是殘疾選手，所以三段賽程的距離分別是游泳七百五十米，單車二十公里及跑步五公里。與上次在香港作賽不同，兩人並不用事先游到起點浮波，而是與其他組合一同在水中扶着臨時搭建出來的舞台等待開始。待截肢組別的選手全都出發以後，就輪到視障選手的比賽。

這裏的人都有同一個目標，並不是要率先到達終點，而是與拍檔一同成為第一對衝線的組合。

「嗶！」

裁判一聲鳴槍，所有人都大力蹬牆開始前進。茂泉與逸淙兩人這次同樣採用綁大腿的方式，同步地划水換氣。

沖繩的海水比香港的清澈得多，茂泉不需抬頭看着前方，也能夠在水中望到領先選手的前進路線。海底的珊瑚色彩繽紛，即使在海面也能夠看到很多不同類型的魚類，可惜在參賽的人當中只有一半能夠欣賞到這片美麗的海洋。茂泉知道不該在比賽途中分心，但他同時很想用眼睛將此刻的美景捕捉，再轉告給逸淙。不過，當他想到逸淙更渴望的應該是比賽的勝利時，茂泉便把專注力都放在自己在水中的動作上。

五指緊閉，腳尖伸直，左右腳輪流上抽下踢。手掌要像船槳般把水抓住，伸直前臂再畫半圈把手划到大腳，手腕轉一八百度，由拇指帶動整個手臂向天出水，然後再由另一隻手接力劃圈。

茂泉不斷重複熟練的動作，經過兩個月來的密集式訓練，修正泳姿後的他已經游得比逸淙更快，尤其是在海裏他的優勢更為明顯。他一直跟着前方組合留下的水花進發，不時留意逸淙的節奏，提醒自己不要因為太得意忘形而令他與逸淙的距離超過一點五米而被取消資格。

到岸的時候，兩人排行第五。茂泉扶着逸淙爬上藍地毯，怎料逸淙上水第一句就問道：「朴俊泰呢？」

「我不知道。我們做好自己就好。」茂泉把領航繩握在手裏，牽着逸淙跑往單車架準備轉項。

「頭盔呢？快點給我頭盔。」逸淙不耐煩地反復命令茂泉。

「等一等，我們還未到。」

「快一點，我要快點追上去。」逸淙緊張地說。

抵達他們停泊單車的位置後，茂泉把頭盔交給逸淙，但逸淙卻沒接實，頭盔因而掉到地上。

茂泉彎腰拾起頭盔，卻被逸淙抱怨他笨手笨腳。

「算了，你快點上車吧。」逸淙在茂泉戴好頭盔前已經想開始推動單車。

「等等！」茂泉大聲喝停。「我還沒準備好。」

逸淙這才意識到自己太過急躁，低聲說道：「對不起。」

之後，兩人合力把車推到起跑線，茂泉漸漸拖慢步伐，說：「3……2……1……」

「上！」雖然這次的搖晃比起平時練習時要厲害，但兩人最後還是成功保持平衡，順利地跳上單車。看到如此風騷合拍的上車方式，觀眾的歡呼前所未有的熱烈，皆因領先的幾隊也只是平平無奇地把單車停下再慢慢上車。

喝采聲給予逸淙大大的鼓舞，令他更有信心會爭取到前列的名次。

「現在排第幾？」

「二十組入面排第五。」茂泉盯着前方踩踏。

「很好。」逸淙似乎對於現在的成績很滿意。「你怎麼不早點告訴我？」

「我覺得我們專注做好自己就夠了。游泳的時間也比預期中快了一分鐘。」

「非常好。我辛苦訓練的努力沒有白費。」逸淙握緊兩邊的單車把手。

「不如試着稍稍加速吧？」

茂泉點一點頭，提升了踩踏的頻率。這次的單車賽道大部分都是海邊的平坦路段，並沒有太多上坡路讓逸淙發揮他「聽風爬坡」的絕技。

雖然兩人的踩踏的功率比平時練習已經要高，但還是無法追上領先的選手。逸淙明顯比平時急躁，不斷催促茂泉要再加速，但茂泉堅決表示再加速的話，他們很大機會「爆偈」，會在到達終點前耗盡體力。

「你只是無法跟上我的速度，不要這麼多藉口。」逸淙冷不防地狠狠說道。

茂泉一時不懂反應，想要解釋卻又怕會釀成一發不可收拾的吵架。他的食指不自覺地繞着頭髮打轉，說道：「有什麼留待比賽結束後再說吧。」

逸淙低下頭來，索性不回話。

茂泉除了要提示轉彎之外，再沒有開口。逸淙只顧自己加速，但踩踏頻率不一致反而浪費了體力。沒喝過一口水的兩人，相繼被其他隊伍超越。

「怎麼好像用力踩也不會動的？你沒吃飯嗎？」逸淙粗魯地審問。

「三十米後轉彎。」茂泉只管給出指示。

雖然兩人坐在同一架單車，驅動着同一組齒輪，但此刻他們並沒有連成一體的感覺。金屬鏈子磨擦的聲音充斥着不協調，彷彿有一顆小小的沙石鑽進了滑輪與鐵鏈之間。

再次回到轉項區的時候，他們的排名已變為全場第十。逸淙垂頭喪氣，慢慢地脫下頭盔，似乎已經失去戰意。逸淙乾脆坐在地上，慢條斯理地將綁好的鞋帶鬆掉再綁。

迅速換好跑鞋的茂泉，對於逸淙的自暴自棄實在看不下去。他向逸淙伸出手，説道：「黃逸淙，站起來。你不是説要成為世界冠軍的嗎？」

逸淙其實看得到茂泉的手掌，但就是發晦氣不想接受他的好意。

「你是不是覺得，既然沒可能獲獎，跑慢一點也沒有所謂？」

逸淙依然一言不發。

——如果我不盡全力，輸了也情有可原吧？我已經被朴俊泰拋離很遠，退賽可能是更好的選擇吧？

「你知道為什麼朴俊泰會説你贏不了他們嗎？」

「為什麼？」提起假想敵，逸淙終於願意開口。

「因為要贏他們的是『我們』，不是你一個人。我並不是你的工具。」茂泉説出他的感悟。他在聯合集訓之前也覺得領航員只是輔助的角色，視障選手才是主角，但看到其他選手與領航員的配合之後，他覺得只有兩人互相信任，互相合作，才有機會創出好成績。

「我並沒有當你是工具。」逸淙立刻否認，沉默數秒後再度開口：「也許，有一點點吧。」

「其實我是知道的，不過容後再説吧。」茂泉終於從掌心感受到逸淙的體溫。「我們首先要完成這場比賽。」

煦雪一直在轉項區等待兩人的蹤影。當她看到他們以第五名抵岸時她雀躍萬分，為兩人優秀的表現感到自豪；當第一架單車返回轉項區時，她便期盼兩人會以更高的名次現身，但數着等着還是未見熟悉的身影，她由失望變為焦急，再由焦急變為擔心，她擔心逸淙與茂泉發生了嚴重的意外。直至看到兩人的白色單車時，她總算放下心頭大石，但看到兩人的嚴肅的神情又隱約覺得發生了更麻煩的事，遲遲未見他們跑出來使她更為不安。

可幸的是，逸淙在跑出藍地毯時露出的耀眼笑容，成功將籠罩煦雪的陰霾一掃而空。

兩人在轉項區爭論期間，又被另外三組人從後追過。現時總排名為第十三名。

「淙仔！衝啊！」煦雪看到兩人重拾笑容，興奮地叫着自創口號為他們打氣。「黃逸淙，衝衝衝！龔茂泉，加油！」

聽到氣勢相差甚遠的兩句口號，茂泉尷尬地笑了笑，豎起拇指回應。

「全力以赴吧。」逸淙拍一拍腰間的領跑繩説道。

爭吵過後，兩人的默契好像更上一層樓，逸淙跨步的幅度也比平常更大膽。雖然他手中再無領航繩可以依靠，但他相信茂泉總會在適當的時候給予提醒。

「海膽。」逸淙輕聲説。

「沒事。」茂泉示意他繼續邁步向前。

「魷魚。」

「好的。」茂泉抓住逸淙的手臂將他帶回適當的方向。

兩人用事先定下的暗號溝通，以節省時間和力氣。「海膽」代表逸淙稍微失去方向感，想要茂泉確認他現在的路線會否有危險；「魷魚」代表逸淙完全失去了方向感或是視線受阻而感到不安，需要茂泉扶一扶他。逸淙說，這暗號是參考一套他很喜歡的漫畫裏，一個言靈師的角色而定的。

這次茂泉再沒有提早加速，而是按着配速來跑，去到最後一公里才爆發。兩人在尾段接連過了兩隊組合，最終以第八名完成比賽。

衝線之後，茂泉的雙腳頓時感到無比疲軟，一陣昏眩想要暈倒，他不自覺地說了一句：「海膽。」

逸淙早就從腳步聲發覺了茂泉腳步不穩，伸手扶住了茂泉，說：「應該是魷魚才對吧。」

「也是。」茂泉笑着回答。

「我們慶功去吃真的海膽和魷魚吧。」逸淙愈說愈餓。

「慶功？第八名也要慶功嗎？」

「我也沒想到我們竟然能從第十三名追到第八名。」逸淙說。「我們輸了比賽，但贏到了寶貴的經驗。這樣説是有點老套，卻是事實。」

「過程比結果重要吧。」茂泉聽到逸淙用「我們」而不再是「我」來談論輸贏，也覺得這次落敗只會令他們變得強悍。

「喂！」煦雪從後撲到兩人中間，搭着兩人的肩膊。「辛苦了，今晚我請客。」

看到煦雪，逸淙收起笑容，趕緊問道：「婆婆怎麼了？」

「她渡過了危險期。」煦雪拿出手機，展示婆婆舉起大拇指的相片。

逸淙鬆一口氣，轉為問道：「冠軍是誰？」

「當然是你的朴俊泰。」煦雪説。

「他不是我的，而且冠軍應該不是朴俊泰。而是朴俊泰與他的領航員。」逸淙説道。

煦雪有點難以置信地望着逸淙。「現在時間尚早，我們先回去好好檢討，之後才去慶功吧。」

「乾杯！」

裝滿啤酒的四個酒杯相碰，卻只有兩個被清空。

「咦？不是說乾杯嗎？」茂泉無奈地望着逸淙與煦雪。

「在沖繩果然是要喝 Orion。」逸淙再拿起酒杯淺嚐一口。「你說是嗎？健太前輩。」

「你要說普通話，前輩才聽得懂吧？」煦雪用普通話問道。

「不要緊。粵語我也懂得聽。你們不用說國語。」上原健太舉杯示意侍應需要添酒。「就算不是在沖繩，Orion 也是世界第一呢。」

本來煦雪只打算請教住在沖繩的健太推薦地道的餐廳，怎料健太竟然問可不可以讓他也參與慶功宴，最後一行四人就去了健太最常光顧的居酒屋。

「這裏最好吃的就是苦瓜炒蛋，你們待會一定要試。」健太瞬間又喝完一杯啤酒。

「我不吃苦瓜的。」煦雪露出痛苦的表情。

「試一試吧，沖繩苦瓜不苦的。」健太極力推薦他最愛的家鄉料理。

「既然你這樣説，我們就試一試吧。」茂泉其實也是不愛吃苦瓜的人。

「先試試這個生魚片吧。」健太指着原條的海魚刺身。

打開餐牌後，逸淙發現這間居酒屋沒賣魷魚刺身，海膽的價格又是昂貴，所以最後便叫健太為他們點餐。

「謝謝你為我們安排『呀媽家姐』。」逸淙用木筷夾起魚生放到自己的碟中，再拿一小撮山葵抹在上面，最後才點上醬油，把魚生放進嘴裏。「好吃，這是哪一款鯛魚？」

「什麼是『呀媽家姐』？」茂泉插嘴問道。

「他是指Omakase，即是高級日本餐的廚師發辦，在台灣又叫無菜單料理。對不起健太，我的隊員有點醉了。」煦雪無奈地解釋，雖然她知道逸淙根本沒醉。

「不要緊，他挺幽默的。」健太哭笑不得。「這是金線鯛。與香港的紅衫魚屬同一類魚。」

「紅衫魚也可以做刺身的嗎？」煦雪差點想把咀嚼中的魚生吐出來。

本來正在模仿別人，把山葵混在醬油中攪拌的茂泉也凝滯了動作。他想起初次遇見逸淙時也是因為一張「紅衫魚」才結下不解之緣。「當然能吃。香港的魚不能當刺身是因為水域問題，與產地無關。」逸淙趁無人動手，又再多夾一塊魚生放進口中。「Oishii！」

煦雪看到健太也毫無顧忌地在吃，便放膽繼續咀嚼，淡淡鮮甜的魚香，令她完全無法想像清蒸後竟會是截然不同的味道。「出生地真的很重要呢。」

「當然。撇開基因不說，你看看今天其他選手的團隊有多強大，隨團又有物理治療師，又有營養師。」逸淙歎一口氣。「所以我什麼時候都說懂得投胎比什麼都更重要。」

「你是說有我一個美女領隊還不夠嗎？」微醺的煦雪假裝不滿。

茂泉懶理耍花槍的兩人，把魚生放進口中。但他沒有告訴在場的任何人，其實在他年少時，大澳的漁民偶爾也會把釣到的弄成魚生，當然那時候香港的水質還未被污染。

「但是，所有大海都是連着吧？」健太一言驚醒酒中人。

「所以最後還是得看自己的能游得多遠吧？」茂泉再度插嘴。

逸淙罕有地一口喝光杯中物。「但是游得太遠，也會想念自己的出生地吧？」

「你是不是想起移民到加拿大的大師兄了？」煦雪同樣地一杯見底。

「沒有。」逸淙搖頭否認，搶走了茂泉的啤酒倒進胃中。「我才不會對那個勸誘其他人去誇大殘疾程度的混蛋有任何留戀。」

吃完海葡萄沙律後，伴隨着三線現場演奏的民謠，主菜也陸續上桌。豬手麵條、滷東坡肉及苦瓜炒蛋等等，但在食物堆滿餐桌之前，煦雪已經喝得半醉。

「三項鐵人萬歲！」煦雪拿着空的酒杯站了起來。「雖然我已經不可能再當全職運動員，但三項鐵人萬歲！」

健太與茂泉交換了眼神，目光都落到逸淙之上。逸淙雖然沒看到他們望着自己，但感受到被盯着的他搖一搖頭，示意他們不要追問。

「三項鐵人萬歲！」茂泉跟着喊道。

「We dc triathlon as we are good at three different kinds of sports.」煦雪突然說起了英語。

「那麼你記得這句話的後半部分嗎？」逸淙問。

煦雪搖一搖頭。

「We do triathlon as we are good at three different kinds of sports, and because we are not good enough respectively.（我們成為三項鐵人因為我們擅長三項不同的運動，也因為我們在這三個單項的實力都不夠頂尖。）」逸淙知道，煦雪當然不可能會記得，因為老頭子根本沒有說過這句話。

「也不一定吧。我知道很多三項鐵人選手也是長跑好手。」健太摸一摸自己的鼻頭。「例如我，我上星期才贏了十公里的跑步比賽。對了，你們一同跳上單車的片段正在網上瘋傳呢，有空可以來教一教我們的隊員這項技術嗎？」

「當然。」逸淙比茂泉更早開口回應。「若婆婆看到我的英姿也一定會很自豪。」説着説着，逸淙竟哭成淚人，壓力一下子全都釋放出來。

之後的對話，茂泉都不是太有印象了。

模糊的片段當中，他記得健太點了一壺泡盛，那是特產於沖繩的蒸餾酒；他記得健太説日本政府正嘗試篡改教科書，隱瞞第二次世界大戰末期日軍下令沖繩居民集體自殺的歷史；他記得逸淙説紅衫魚其實還有個很像粗口的別稱「系撚鯛」；他記得逸淙説他在失去視力之前曾向煦雪表白，但茂泉記不起逸淙最後是否成功，記不起煦雪當時是否已經不省人事，也不記得自己是怎樣回到渡假村中。

然而，他清楚記得自己竟然覺得苦瓜不再苦，可能是因為現在的自己已經變得成熟了一點吧？

天花板上的風扇在徐徐轉動，令本已宿醉的茂泉更為頭痛。腦海不受控地浮現出一組組看似差不多的名詞，懶得思考的茂泉愁眉不展。

——國語跟普通話有什麼分別呢？粵語跟廣東話又有什麼分別呢？

沖繩跟琉球有什麼分別？清酒跟泡盛又有什麼分別呢？

名字真的這麼重要嗎？

茂泉決定閉上雙眼，睡醒再算。

STEP 7

流金

窗外，縱橫交錯的道路就像躍動的黃金，在漆黑的海面上勾劃出流光溢彩的東方之珠。茂泉努力辨認大嶼山的形狀卻不果，畢竟他還是第一次從這個俯瞰的角度觀看香港。煦雪與逸淙分別坐在茂泉身後的二人座位，煦雪倚近窗邊欣賞這優美的景色，逸淙則用手機拍了一張照片慢慢在掌上細看。

航機降落之後，逸淙與煦雪都説要上廁所，叫茂泉先去領行李。茂泉開啟手機，把飛行模式關掉，手機竟然不斷震動然後當機。他收到十多個短訊，全都是留言信箱的通知，不祥的預感油然而生。

「你有十一則新口訊。訊息來自……」聽到熟悉的電話號碼，茂泉馬上掛斷通話。他直接撥號給他的姐姐。

「嘟嘟……嘟嘟……」

茂泉焦急得像熱鍋上的螞蟻，短短的等待已經帶給他極大的煎熬。在接通的一剎，他趕緊問道：「喂？」

「你去哪裏了？你知不知道我找了你多少次。」話筒另一端的女聲吼道。

「是不是發生什麼事了？」茂泉聲線顫抖。

「你現在在哪裏？」

「機場。我剛剛下機。」

「母親住院你也有心情去旅行？」

「我不是去旅行……老媽她怎樣了？我現在立刻趕來醫院。」

「太遲了。」

「太遲了……是什麼意思？」茂泉的手不住震動。

「母親……已經過身了。」

語音剛落，手機立時鬆脫，茂泉全身失去力量跪坐在地上，欲哭無淚，直至逸淙不問因由地從後大力擁抱着他，茂泉的眼眶才願意決堤。

茂泉休假兩星期準備母親的身後事，但他在三天後便重投訓練。他在整理遺物時發現母親的日記，原來母親暗中調查當年大火的真相，懷疑父親是

被嫁禍的代罪羔羊，她認為最大嫌疑的就是父親失蹤那天與他一同出海的豐叔叔，曾經有街坊表示看過豐的手下販賣白粉，也有街坊說收過豐的掩口費所以不能指證他。茂泉終於明白為何母親堅決阻止姐姐與豐的兒子結婚，而且不願意接受豐的接濟，即使他不明白為何母親不將事情的緣由相告。

原來母親一直都在暗中承受一切。

若果不是突然離世，恐怕這件事茂泉永遠都不會知道。

「你真的不用多休息一兩天嗎？」煦雪本來已經設計了單人的訓練課程。

「留在家中我怕會胡思亂想，專注訓練反而可以放空。而且我答應了母親會參加奧運。我知道她在天上也會看到的。」

「歡迎歸隊。」逸淙張開雙臂與茂泉相擁。

「節哀順變。」煦雪輕輕一拍茂泉的肩膀。

「下一次積分賽是什麼時候？」茂泉難得地主動問道。

東京殘疾人奧運會已確定將會順延至二零二一年夏天舉行，要取得參賽資格就需要在報名期結束前，在認可的國際賽事取得足夠積分。由於疫情的緣故有很多原定會參加的比賽都被取消，又因為經費的問題他們不能每場賽事都報名。

「歐洲那些比賽我們負擔不起，在亞洲舉行的只剩下一個月後的烏蘭巴托公開賽。」煦雪說道。

「我們這次一定要贏得奧運資格。」茂泉握緊拳頭。

「我對我們有信心。」逸淙笑得燦爛。

「兩位，我並不是想潑你們冷水。」煦雪臉有難色。「但其實去蒙古的開支也不便宜。如果沒有贊助的話，連同機票住宿報名費，我們每人要出大約兩萬元。」

「但我沒有那麼多錢。」茂泉眉頭輕皺。

「我可以資助你們。」逸淙爽快地說。

「你哪有這麼多錢？你又打算偷偷去兼職？」煦雪問。

「當然不是，我可以問父母借錢，遲些再還。」

「這當然不行，沒有埋由要麻煩老人家。」茂泉搖頭。「我可能有辦法找到贊助。」

幼年時，父親在發薪日偶爾會帶一家人到中環的老牌茶餐廳吃飯，每次他都是點蕃茄鮮牛肉通粉及鹹檸七，但在父親失蹤後，茂泉已經有超過十年沒來過。直至三年前與母親搬離大澳，母親有天突然説想吃這裏的豬仔包，茂泉才重新記起這地方。自此他每隔幾個月便會來這裏買外賣。坦白説，這餐廳的食物質素不算突出，但有時候就算不好吃的食物，吃得久了也自然有感情，習慣了那味道偶爾便會想再試。鄉愁，原來也可以透過重溫與思念的人吃過的食物來排遣。

茂泉從侍應口中得知，姊姊偶爾也會到訪此處，但已經沒有以前那麼頻繁。據説姊姊每次光顧都是點蕃茄鮮牛肉通粉及鹹檸七，但明明茂泉記得姊姊以前最常點的應該是蕃茄肉丁公仔麪。

「這麼急約我出來，是因為要處理老媽的身後事嗎？我可以幫忙付錢。」茂泉的姊姊龔詩荇拉開膠凳坐下。淡妝的詩荇五官標致，有着細長上翹的鳳眼，高挺筆直的鼻樑，以及嬌嫩欲滴的雙唇，一舉手一投足都散發着貴婦的氣質。

「我會遵照她的意願，一切從簡。」

「這幾年過得怎樣？」詩荇因為怨恨母親不出席婚禮，連帶對與母親同住的茂泉也不瞅不睬，兩姐弟已經三年沒有見面。那天茂泉到達醫院之前，她就已經離去。

「還好吧。其實母親一直都想見你。」

「明明是她拋棄我在先。」

侍應的上餐打斷了對話，兩人不約而同地把注意力放到各自的蕃茄鮮牛肉通粉及鹹檸七之上。茂泉手執膠匙，擠壓埋在冰塊堆的鹹檸檬，重複動作十數遍才再度打破沉默：「母親她是有苦衷的。姊，你可以相信我接下來說的話嗎？」

「你是我的弟弟，我當然會相信你說的話。而且我們都知道你從來不會說謊。」

「謝謝你。」茂泉深呼吸，說道：「二十年前那一晚，豐叔叔向父親借船出海，父親之後失蹤，還被當作大火的起因，但其實是豐嫁禍給他。」

「龔茂泉。」詩荇臉色一沉，直呼胞弟的全名。「我是想你坦白地告訴我事實，而不是聽你在胡說八道。」

「姊，我是說真的。請你相信我。」茂泉低頭沮喪說道。

「你變了，你以前從來都不會說謊。」

「姊……你要怎樣才會相信我？父親是被冤枉的，豐叔叔才是真兇。」

茂泉嘗試捉住詩荇的手卻被甩開。

「你當我是傻瓜嗎？老爺在父親人間蒸發後對我們一家很好，你怎可以顛倒是非？尤其是火災之後他特別照顧我們，那時候我們的棚屋都被燒清光，你知道他給了多少錢協助我們重建家園嗎？」

「他只是在收買我們。」茂泉無奈地說。「為什麼你寧願信一個外人都不願意相信自己的親生父親？」

「倒不如你告訴我，為何我要相信一個拋妻棄子，突然消失了二十年的人？」詩荇愈說愈激動。「如果你再說老爺的壞話，我可就要走了。」

「請不要走。我有事要你幫忙。」茂泉懇求。

「我沒什麼可以幫你。」詩荇站了起來。

「我只是想要豐叔叔的聯絡方式。」

「你瘋了嗎？你覺得我會讓你打擾他嗎？」

「我不打算和他對質。母親本來也沒打算讓我知道。我只是覺得你也有權知道。之後怎樣辦全是你的決定，我會尊重你的。」

「那麼你找他是為了什麼？」

「其實我現在是全職運動員。」茂泉第一次承認這個身分。「我是因為要爭取奧運資格，才要去參加比賽，才會錯過了見母親的最後一臉。我想找他贊助我去海外比賽。」

「運動員？運動員也能算職業嗎？才賺那一丁點兒錢。」詩荇不屑。

「所以才要找他幫忙。我答應你，我不會主動提起火災的事。我想實現母親的遺願，她說想看我參加奧運。」

「你真的不會向老爺提起父親？」詩荇問。

「我答應你。」

「好吧。」詩荇終於願意將豐的電話號碼傳給茂泉。

「謝謝。」茂泉拿起手寫單打算結帳，詩荇卻把像是鬼畫符的紙條搶走。

「我請客。」

茂泉與逸淙由大澳乘坐街渡，約十分鐘後在二澳碼頭下船。他記得爺爺說過，二澳原名義澳，卻因為村外人認為有大澳就該有二澳，所以才會被誤傳為此名。龔氏一族雖然有一部分人已遷出二澳，但茂泉每逢清明節都會由大澳徒步到二澳的祖墳拜祭。

海浪接連拍打在沙灘，吐出層層白沫，貝殼碎石被推近岸邊，又拖曳回原處。兩人見時間尚早，便打算隨處逛逛。他們穿過插滿各式旗幟的石橋，路經招潮蟹棲生的紅樹林，陣陣稻香便撲鼻而至。據說大約十年前，開始有二澳村民復耕，茂泉一踏入舊村範圍，便看到一片金黃色的稻田。

正午時分，兩人到達二澳的海神古廟。踏入廟中一刻，茂泉看見一個穿西裝的男人跪在方形紅墊上。

「豐叔叔。」茂泉恭敬地點頭。

「泉仔，你們終於來了。」豐慢慢站起來。「這位應該就是鼎鼎大名的黃逸淙選手吧？」

「叫我逸淙就可以了。」逸淙藏不住興奮地答道。

「我們這次來，是想拜託你贊助我們參加蒙古的比賽以爭取奧運資格。」

「我知道，家嫂有跟我說過。沒問題，你為大澳爭光，我作為大澳商會主席當然支持。」豐大力地拍打茂泉的肩膀，皮笑肉不笑。

「謝謝你。」茂泉一想到自己的童年如何被一個揑造的謠言毀掉，對豐的厭惡感便油然而生。但他早決定假裝不知情，現在還不是報仇的時候。

「對了，你們想好了隊伍的名稱了嗎？」豐問。

茂泉與逸淙面面相覷，一同搖頭。

「做大事怎可以沒有名字呢？最重要就是出師有名。不用擔心，豐叔叔會幫你改一個威武的名字。」豐摸着下巴沉思，名貴的手錶從滑下的衣袖中露了出來。「不如……就叫海神隊吧。」

「這名字好像有點老套……」逸淙衝口而出，卻被茂泉打斷。

「當然不會老套，聽起來很適合我們。」茂泉露出僵硬的笑容。

豐滿意地點頭，續道：「作為大澳人，你應該也知道這座海神古廟的由來吧。」

茂泉搖一搖頭。

「在一九九三年的某個夜晚，有二澳村民在海邊發現一塊古怪的大石，遠看就像一個人在坐着，當他乘船近看的時候，卻發現那原來是一尊神像。之後他們想要為此神像立廟，卻被村長反對。結果那個村民決定擲筊杯與神像溝通，問神像想留在二澳還是大澳。問到留在二澳的建議時，村民擲出了代表同意的寶杯。」

「之後呢？」逸淙忍不住追問。

「之後，村民在大澳及二澳籌集建廟經費，在一九九四年建成了這座海神古廟。」豐指着廟內那披上金袍的神像。

「原來如此。」逸淙點頭。「但為什麼會突然有個神像在海邊出現？」

「因為故事都是假的。當年我親眼看見這個神像由零開始被製造出來，負責與建這裏的就是我的父親。」豐露出狡猾的笑容。「真相並不是最重要，最重要是怎樣用故事來製造商業價值。自疫情之後，大澳及二澳的遊客少了很多，真的需要好好宣傳來挽救我們的生意。放心，我會好好包裝你們的故事。我已經想像得到你們在巴士廣告上的畫面了。可歌可泣的生命鬥士，以德報怨的盧亭後人。相傳盧亭魚人在『大魚山』亦即是現在的大嶼山一帶出沒，他們的身上長有鱗片，而且愛吸雞血。有時他們會用漁獲與大澳的居民換雞，亦有時會潛入農家偷雞。大澳的老一輩會以此嚇唬我不要獨個兒亂走，說黃昏前沒回到家就會被抓走吃掉……」

茂泉強忍着內心的憤怒，說道：「我們會努力的。」

「那我就靜候你們的好消息。要記住，成績不是最重要，最重要是包裝。」豐仰天大笑後離去廟宇。

回程的時候，茂泉默不作聲，但逸淙還是忍不住，激動地說：「你不覺得那個奸商很過分嗎？什麼盧亭後人？什麼以德報怨？他分明就是在羞辱你。」

「總有一日我會還以顏色。但不是今天。」

逸淙有點訝異地問：「你已經想好了復仇大計？」

「你剛剛不是說他過分嗎？」茂泉笑説。

他赤腳走進濕地之中，把手背悄悄放陷落在走失了的招潮蟹前方。它擺動着淡紅色的巨大螯足，慢慢橫移到茂泉的手上，茂泉用雙手把它包圍，再帶它趕上正在步向氣根的那羣招潮蟹。

在沖繩兩人認清到自己與最頂尖組合的差距，茂泉主動要求加強體能訓練。煦雪以為在處理好贊助的事後，茂泉與逸淙會更集中精神訓練，雖然兩人都很投入，但卻好像是貌合神離，連合體上車的絕技都頻頻失手。煦雪擔心在海外大吵一場之後，影響到兩人之間的溝通，令他們不像從前般有默契。

為了備戰重要的資格賽，煦雪為他們製訂了一系列的交流活動。她邀請了不同的香港隊代表輪流與兩人作賽，不但有現役的三項鐵人，也有現役或退役的游泳、單車及長跑運動員。她以前擔心落敗會打擊到逸淙的自信心，會令他覺得自己比不上正常人，但她現在意識到競爭才是逸淙進步的最大動力。雖然練習賽都是輸多贏少，但現在逸淙會主動地虛心向別人請教，再努力改善訓練方式及姿勢，以及心態上的問題。

煦雪現在擔心的反而是茂泉。他沒有心不在焉，練習非常認真，甚至可以說是太過認真。叫他跑十個圈他會跑十五個圈，叫他游五百米他就游八百米，叫他踩一次來回他便踩兩次。逸淙試過好言相勸，說自己也曾經因為練習過量而不慎受傷，但茂泉依然堅持要今天加操。

結果，煦雪的擔心終究變成事實，茂泉在比賽前兩星期因為過度練習而受傷，在單車上跌了下來。

「我知道你很想贏，但過度練習會有反效果的。」煦雪一邊包紮一邊說道。「幸好今次只是皮外傷。」

「嗯。」茂泉冷淡地答道。

「你是不是有什麼心事？」逸淙有點不耐煩。

「沒事。」茂泉盯住地板搖頭。

「沒事？」逸淙大聲地問。「沒事你會不敢望着我？」

「真的沒事，你別管我了。「我只是很想能夠贏得奧運。為了在天上的母親，為了在海裏的父親。」

「你是我的拍檔，我怎可以不理你？」

「你説得對。」茂泉抬起頭。「你只不過是我的拍擋。」

「你……你……」逸淙把手中的毛巾摔在地上。

「我怎麼了？」茂泉站了起來，理直氣狀地問。

「你不只是我的拍擋。你還是我最重要的靈魂之窗！」

突然「啪」的一聲，茂泉迅雷不及掩耳地吃了一記左勾拳，臉頰只留下火熱的痛感。

「淙仔，你怎麼可以出手打人！」晌雪馬上拉走了逸淙。

「我不知道你是想怎樣報仇。」逸淙激動地指着茂泉。「想贏的不只你一個。但我們努力練習不是為了別人，而是為了自己。」

逸淙説罷便離開了醫療室。

若眼睛是靈魂之窗，當這扇窗被永遠關上的時候，靈魂還能夠被看見嗎？

STEP 8

鐵騎

傍晚，只有些微的光線透過百葉簾鑽進狹窄的房間。

伸手不見五指的情況下，逸淙一邊哼着歌，一邊摸黑前進。他憑着對這間房的記憶，輕鬆地避開障礙物，很快走到貼近窗邊的衣櫃。

當逸淙想要打開衣櫃的時候，卻意料之外地聽到其他人的聲音。

「別再唱了，我想睡覺。」茂泉沒精打采地說。

「原來是你。我差點被你嚇死。」聽到熟悉的聲音，逸淙稍為冷靜下來。

「你怎麼不敲門就走進來？」用被單覆蓋自己的茂泉問道。

「我為什麼要敲門？」逸淙反問。「這可是我自己的房間。」

「你古古怪怪的，這可是我的房間。」茂泉從被窩探出頭來，用一根指頭點亮了牀頭燈。

「你才是古古怪怪的，進了房間又不開燈。」

「因為我想睡覺了。」茂泉伸懶腰道。

「睡覺？現在才八點。你吃晚飯了嗎？」逸淙問。

「還沒，我今天不是太有胃口。」茂泉打了個哈欠。

「你就當給我一個機會賠罪吧。」逸淙搔着頭皮說，「今天是我太衝動，我不應該動手打你。」

「其實我也有錯。」茂泉苦笑。「一心只想着自己，忘記了要好好溝通才能發揮最大實力。換轉我是你，可能也會忍不住動手。」

「是因為打者愛也嗎？」釋懷的逸淙不禁衝口而出。

「你快點告訴我，為何要偷偷走進我的房間。」茂泉失笑一聲，轉換話題。

在母親離世後，茂泉便搬進體育學院的宿舍，以方便練習。逸淙與茂泉的房間是相鄰的，所以逸淙經常都會找茂泉吃喝玩樂，但這也是第一次他沒敲門就走進茂泉的房間。

「你要聽真話還是假話？」逸淙明知故問。

「當然是真話。」

「當然是專誠來跟你道歉的。這是賠禮。」逸淙說出部分的事實後，把手中的盒子拋往聲音的源頭。

「這是什麼來的？」茂泉穩穩地接實那個盒子。

「看看就知道了。」

茂泉小心翼翼地拆開包裝。「運動手錶？我不能收下這麼名貴的禮物。」

「是用之前的獎金買的。你總是在用我的二手物品，雖然我們身型相近，但也不能總是這樣吧。所以我就決定用我以前的部分獎金買一隻新的手錶給你。」

「謝謝你。」茂泉把盒子合上。「你今早說得對，我不應該為了別人努力。」

「對。即使做的是同一件事，但要記住這不是你的使命，而是你的夢想。」

「我知道了。」茂泉點頭微笑，把被繃帶包着的左腕穿過手錶。

「你這麼拚命練習，是為了報仇吧？」

一大清早，煦雪喝完凍齋啡後便走到儲物室，打算獨個把練習器材搬到運動場，怎料扭開門的時候，竟看到一個不熟悉的背影偷偷摸摸地在胡亂翻找東西。

「喂！你是誰？」煦雪隨手拿起一個鉛球準備投擲。

「雪姐，早安。」

「茂泉？」看到換上平頭裝的茂泉，煦雪一時嚇得目瞪口呆。「你的一把秀髮到哪裏了？」

「淙淙提議的。他說要展示爭勝的決心，所以昨天我們一起去剃髮了。他本來還建議要把頭染成紅色，不過我拒絕了。」

煦雪無奈地掩着臉苦笑。「這個淙仔，他一定是看漫畫看上腦，才想仿效櫻木花道。」

「可能吧。」茂泉的食指在太陽穴附近轉了兩圈，才發現已經沒有可以被纏繞的頭髮，轉而撫摸粗糙的頭皮。

「對了，你在找什麼？」

「我在找橡筋帶和蛙掌，打算用來改進泳姿。昨天比賽過後，泳隊的師兄給了我一些建議。」

「在這邊。」煦雪欣慰地笑了笑，指着角落的兩個膠箱。

有了茂泉給她的心理準備，煦雪在看到逸淙的平頭裝也是沒有那般驚嚇。她拿着計時器，在起跑線等待兩人再次跑到她面前。看着兩個大男孩並肩地笑着奔跑，她很希望逸淙的笑容永遠不會消失。

她記得，在她決定中學畢業後成為三項鐵人運動員時，逸淙把紅黃藍的三色腳繩連同祝福送給她。那年中四的逸淙，眼疾還沒病發。煦雪問，為什麼是紅黃藍三隻色？逸淙答，紅色代表跑步，因為紅土場；藍色代表游泳，因為海水是藍的。煦雪搶着説，那黃色一定是代表單車，因為黃色戰衣。

那時候逸淙搖搖頭，説：「黃色代表黃逸淙，只要你把這腳繩繫住，就代表無論你去到哪裏，我都在你身邊。」

煦雪那天拒絕了逸淙的表白，因為她那時候想專注於運動生涯。但在這之後不夠半年，逸淙便發現患上了視網膜病變。他的世界，變成一個小小的圓圈。

煦雪之後不止一次向逸淙表達愛意，逸淙卻説，我不想你是因為同情我才與我一起。

時至今日，煦雪仍然穿戴着同一條腳繩，無論任何時候，甚至比賽時都未曾除下。時至今日，煦雪仍然會為逸淙輟學而感到自責，雖然逸淙不曾承認，但她打從心底覺得逸淙是為了鼓勵當時受傷的自己，才選擇放棄大學學位加入三項鐵人代表隊。煦雪還沒退役的時候，她的夢想是與逸淙分別當上各自組別的世界冠軍，但當她退役之後，她的唯一渴望就是看到逸淙站上頒獎台最高的位置。

——為什麼領航員一定要是同一性別呢？不過現在的我即使可成為淙仔的領航員，也只會拖累他的腳步。

「兩分四十五秒，不錯。」煦雪按停秒錶，將毛巾交給不斷喘氣的兩人，「休息一分鐘，還有六個八百米。」

踏出機場之際便感受到涼意的問候，即使是夏天，蒙古在入夜後氣溫也跌至只有個位數字。

逸淙為煦雪披上羽絨，茂泉透過逐一掃視車牌號碼尋找預約了的司機。夜幕低垂，三人隨便找了個烤肉餐廳填飽肚子，便到位於烏蘭巴托市中心的旅舍借宿一宵。他們合力把單車抬上三層樓梯，再搬進一間全是木造傢具的客房裏。矮小的椅桌擱在房間中央，角落分別放着四張一模一樣的單人牀。啡黃的木條上盡是藍紅交錯的圖騰，兩壁都填滿壁畫風格的畜牧塗鴉。

煦雪嘗試使用電子暖爐，卻發現原來要到冬天才能開啟。舟車勞頓了一整天，三人在硬梆梆的牀褥上沒有輾轉很久，都不自覺地先後進入夢鄉了。

「昨晚睡得真差。」睡眼惺忪的逸淙上車不夠五分鐘，已打了不知多少個呵欠。

「幸好明天才是正式比賽日。」茂泉也跟着打了個呵欠。

「但是拜某人的福，我們今晚也未必能好好的睡呢。」坐在副駕的煦雪回頭抱怨。

「來到蒙古怎能不試試蒙古包呢？」

「我想請問，你應該知道蒙古包不是食物吧？」煦雪對於逸淙堅持要在比賽前夕住進蒙古包的決定仍是不太滿意。

「比酒店便宜，離比賽地點又近，而且還能體驗地道遊牧民族的生活，一舉三得。」逸淙帶着期待說道。

烏蘭巴托市區的交通十分擠塞，馬路上堆滿由各鄰近國家入口的二手汽車，沿途黑霧瀰漫，卻不時有一臉污漬的孩童，趁車輛停駛時湧過來行乞。

「淙仔，你不是說蒙古的人口只有香港的一半，地方卻比香港大幾千倍嗎？怎麼這裏比繁忙時間的彌敦道還要擁擠？」

「是啊，蒙古國地廣人稀，香港地少人多，一個是全球人口密度最低的地國家，一個是人口密度最高的城市。不過因為急速城市化的關係，很多遊牧民族都棄馬投城，蒙古國有近一半的人住在烏蘭巴托，加上交通規劃不完善，才會有這麼多車。」

「這裏與香港原來是兩個極端。」茂泉說。

「其實，也有一個很類似的地方。」逸淙指着窗外遠處的山頭。

「是什麼？」茂泉與煦雪異口同聲地問道。他們朝逸淙所指的方向眺望，卻只見藍天白雲下起伏不斷的連綿山脈。

「有看到山上那些色彩繽紛的小點嗎？」

煦雪定睛凝神，發現山上滿佈密密麻麻的，五顏六色的小型建築物。「好可愛，什麼來的？」

「那些是貧民窟。」

煦雪倒抽一口涼氣。

「看不清楚不緊要，我們之後也會經過。」逸淙説道。「蒙古國與香港一樣，有着很嚴重的貧富懸殊。」

離開市區後行車變得暢順，能見度逐漸攀升，山巒河川相繼映入眼簾。不過道路開始變得崎嶇不平，吉普車顛簸得很是厲害，蒙古司機降下全部車窗，大聲播放着節奏比車的搖晃還要難捉摸的民謠。青蔥斜坡上的小屋都被木柵圍着，逸淙説早期政府沒來得及干涉時，只要盡早圈地就能佔得領土的所有權，茂泉心想，其實與建棚屋也是差不多的道理。

經過大約四小時的車程，他們終於在日落之前到達目的地，熱情的遊牧民族亦早就在蒙古包外等待。一個短髮的小女孩殷勤地跑過來為他們拿行李，另一個差不多年紀紮着馬尾的女孩則奉上盛着奶啡色飲料的鐵碗。皮膚黝黑的兩人皆是天然的金棕髮色，褐色的瞳孔很是迷人。

「鹹的。」煦雪咋舌説道。

茂泉細心品嚐後説：「其實也算好喝。」

「據説蒙古奶茶的營養價值頗高。」逸淙一口喝掉整杯熱茶。「他們會將牛奶滲入用鐵鍋泡製的清磚茶，再加點鹽巴倒進碗內喝，以補充因為流汗而失去的水份及電解質。」

「喂，你有沒有想過留在這裏做導遊？」煦雪將剩餘的奶茶都倒進逸淙的碗中。

「我自己也要別人領航，怎可能做導遊呢？」逸淙托一托他的墨鏡，想起了兩年前到訪蒙古孤兒園的畫面。「我不過是把之前參加義工團的所見所聞告訴你們罷了。」

晚餐過後，茂泉走進蒙古包，把柴木放到兩張木牀中間的暖爐裏，然後走到營外與逸淙和煦雪會合，一打開門便是野香撲鼻。

「太好了，能夠在完全失明之前再多看一次銀河。」逸淙躺在青草上説道。

「你不一定會完全失明的。」煦雪望着絢麗奪目的銀灰色星河説道。一想到逸淙可能再沒機會看到這璀璨浩瀚的美景，她的胸口就隱隱作痛。

「是你教我凡事都要做最好的準備，最壞的打算。」

「真的很美。」凝視着無雲的星夜，茂泉只覺心曠神怡。他記得在光污染沒那麼嚴重的年代，大嶼山曾經也是隨便抬頭就能觸碰到星星的地方。

「我已經決定了，不去想太遙遠的事。」逸淙悄悄握住煦雪的手。「快樂其實可以很簡單。」

煦雪也捉實了逸淙的手，轉頭過去望着他的側面。

「你知道嗎？在蒙古有近百萬大汗子孫活於貧窮線之下。很多人打從心底裏相信，遷入城市便能換來更好的生活，所以才傻得放棄寫意的遊牧生活，放棄這片美麗的星空。很多人賣掉所有牲畜換來一個蒙古包，一個不知勝算的賭博機會。他們以為只是暫住貧民窟，怎麼想到一住就是一輩子。等到他們後悔時，即使再想念這片星空，也已經回不去了。」

「快樂真的可以很簡單。」煦雪繼續望着逸淙，溢出眼眶的淚水掉落到青草地。

「我不想再錯過我的星空。我想在還能看見夜空時，好好擁抱我最耀眼的星星。」逸淙面向煦雪，說道：「無論明天結果是贏是輸，怎樣都好，鄭煦雪，你可以做我的女朋友嗎？」

茂泉屏住呼吸，不敢作聲。

煦雪泣不成聲，哽咽說道：「當然可以。」

柔柔晨光從煙囪旁的空隙鑽進蒙古包內，灑到茂泉臉上，他離開被窩，拍醒露出甜蜜笑容的逸淙，與煦雪一同前往比賽會場。

蒙古是一個內陸國家，所以三項鐵人賽的游泳部分會在湖泊裏舉行。雖然是叫作烏蘭巴托公開賽，但這次比賽的地點額吉湖，其實位於烏蘭巴托三百公里外的後杭愛省。前往額吉湖途中，他們看見一大羣牛羊在低頭吃草，也看見一堆土撥鼠在洞穴亂竄，心情放鬆得像是旅遊而不是比賽，直至看到停泊在帳蓬外的一列汽車，茂泉開始緊張起來。

「嗶！」

一聲令下，所有參賽選手一字排開地跳進淡水湖之中。湖泊不像大海般有洶湧的波浪或激烈水流，所以在湖泊游泳純粹是速度的比拼，相對地不需要太多臨場應變。更刺激的是，參賽者並不需要折返，因為主辦單位選取了直線距離剛好是七百五十米的兩岸來劃成航道。

身穿紫紅戰衣的茂泉與逸淙在香港泳隊選手的指導下改善了泳姿，浮水與划水也比從前更輕鬆。由於不用顧及方向，茂泉按照事先計劃四下手才換一次氣，以保持動作的流暢性。逸淙亦緊記賽前煦雪的叮囑，儘量運用手臂帶動全身，以保留雙腳的體力。

一早已經取得殘奧資格的朴俊泰，這次並沒有參賽，逸淙亦不再心浮氣躁，只管做好每一下划水的動作。他把自己想像成是淡水湖的魚，不必去跟大海裏的魚較量。

「做得好。」逸淙脱掉泳鏡泳帽跑上藍地毯。

茂泉有點訝異逸淙上水後第一句並不是詢問名次，遲疑了一會才牽着他的手臂繼說道：「繼續努力，已經完成了三分之一。」

兩人推着單車跑到轉項區的盡頭，順利跳上車繼續前進。由於比賽地點遠離市區，除了隨團的工作人員外，幾乎沒有任何觀眾。即使沒有熱烈的喝采，逸淙臉上一樣掛着欣喜的笑容，因為他知道能夠有如此默契的拍檔並不是理所當然。

「連續兩站比賽也用不着你的絕技，有點可惜呢。」茂泉緊緊盯着沙地上稍稍領先他們的組合。

「不要緊，在平路可以用我們的絕技。」逸淙跟着節奏踩踏。

茂泉並沒有把排名告訴逸淙，卻在心中盤算着該何時加速。環繞額吉湖一周大約二十公里，所以單車的賽程同樣沒有折返點。

——再超越兩組人就好。

茂泉發現不用太費力地踩踏便能輕鬆地驅動齒輪，他感激這個月的自己捱過了痛苦的大腿肌肉訓練。

——每一場比賽也要當作是最後一場比賽，我不想留下任何遺憾。

快速滾動的碳纖車輪掀起沙塵，輾過泥濘繼續前進。眼見與對手只剩下數個身位，茂泉的雙手轉為握緊下方的彎把，稍稍回頭說道：「來起舞吧。」

逸淙點一點頭，彎腰將重心傾前，讓身體形成低重心的姿勢。茂泉直視前方，一邊踩踏一邊站立，利用身體重量往下踩踏的同時手臂用力向上提拉，形成一個慣性的踩踏節奏。單車因為兩人激烈的動作而左右搖晃，比起他們跳上車的震蕩要持續及大幅度得多。

兩人的心血以及全身的力量，透過不斷舞動的腳踏，經由鐵鏈傳遞到齒輪。大大小小的齒輪相互咬合，催促對方使勁驅動車輪。白色戰車的速度迅速提升，一瞬間，破風前進的兩人便超越了對手，繼而把他們拋離在後，靠的全是苦練而成的絕技「二人衝刺抽車」。

感受到茂泉漸漸放慢，逸淙也安心坐下來休息。他一邊喘氣一邊說：「不枉我們堅持要單車隊的前輩指導我們抽車。」

「我還記得他聽到你說要練習抽車時，下巴要掉到地上的驚訝樣子。」為了維持穩定的抽車姿勢，他們每天也要做十組三分鐘的平板支撐與總共一千下的仰臥起坐，外加隔天一次的腹背肌體能訓練。茂泉一想起地獄式的核心肌羣訓練，腹部又像是有撕裂的感覺。

除了衝刺型抽車，他們也學會了休息型抽車，透過轉換肌羣來舒緩肌肉疲勞。茂泉雙腳站立於踏板，讓身體的重量自然落下，他一邊欣賞倒照在湖面的景色，一邊恢復體力，準備下一次突擊。

他們在離分段終點的一公里遇上另一組對手，再度抽車進攻殺他們一個措手不及，茂泉如願以償地進佔第三名的位置，並將優勢持續擴大直至到達轉項區。

茂泉脫下頭盔，手執領跑繩的端扣在腰上，把另一端交給逸淙。

——只要保持這個排名去到衝線，逸淙就能夠參加殘奧。不對，是我們就能夠參加殘奧。

兩人步伐一致地跨出去，向着五公里外的終點進發。

清爽的天氣，讓兩人保持着舒適的狀態，他們呼吸順暢，腳步穩健，按照訂下的節奏逐步前進，用暗號來互相提醒。跑了一半的路程，他們雖然與領先的兩組人尚有一段距離，但也沒有被後面的對手追上。茂泉不敢鬆懈，不時瞄着手錶，以確保配速合乎目標。

天色驀然轉暗，細雨淅淅瀝瀝地落下，輕敲在額吉湖上，彷如鈴鐺般清脆悅耳，卻打擾了本來在湖中暢泳的灰鴨與水鳥，湖面泛起陣陣漣漪，雀鳥紛紛拍翼低飛離去。

最初兩人還能保持着速度繼續前進，跑着跑着卻因為地面變得濕滑而稍為放緩腳步。逸淙一個不小心踏在隆起的石頭上差點滑倒，腳踝傳來一陣刺痛。

「有沒有扭傷？」茂泉自責地問。

「沒事。」逸淙強忍着痛擺出平時的笑容。「別怪自己，這麼小的石頭也不可能會留意到。」

雨勢逐漸變大，夾着風勢化成淩厲的箭矢，像是要刺穿兩人的肌膚。撲臉的冷雨模糊了茂泉的視線，他突然看不到終點。

「哈啾！」逸淙打了個噴嚏。

「冷嗎？」茂泉感覺到自己的體溫正在下降。

逸淙沒回應茂泉，但茂泉卻察覺到他的身子開始顫抖，步幅愈來愈短。

「再堅持十秒。」茂泉一邊鼓勵逸淙，一邊在心裏暗罵不願造美的天公。明明天氣報告說是會一整天放晴。

「再堅持十秒，」牙關打震的逸淙嘗試複述自己最常在心裏説的一句話。

嘈吵且雜亂的雨聲掩蓋了從後追擊的腳步與呼吸聲，害得茂泉看到兩件深綠色戰衣才意識到被人追過，遲疑之際，那兩人的身影已消失於風雨中，茂泉焦急地拍一拍逸淙微曲的上背。

「我們要一起跑到終點。全力以赴，不要留下任何遺憾。」

「嗯。」逸淙抬頭挺腰，在心裏不斷默唸十秒倒數。

在茂泉不斷的鼓勵下，兩人的速度有所提升。水珠遮蔽了錶面上的數字，但茂泉相信只要保持現在的速度，一定可以追上深綠色的組合，重奪第三名，贏得殘奧的入場券。

——一定可以。

不出他所料，茂泉很快就看到那兩人的背影，他盯緊前方，跨步振臂，他想要化成翅膀，帶逸淙飛翔，即使是在滂沱大雨裏。

「最後衝刺了。只要追過前面的兩人，就能去東京殘奧會！」茂泉大聲説道。

「最後十秒！」逸淙懶理腳踝的痛楚，氣勢凌厲地喊道。這麼多年來的訓練，全是為了這一刻。

兩人奮力揮動着冰冷得失去知覺的雙手，蹬地向前飛奔，成功在看到終點橫額時超過對手。

茂泉估計只餘下二百米的路程，繼續拔腿衝刺，每一步都強勁有力，雨聲再大也無法淹沒兩人整齊的踏步聲，因為他們在心中早已有一致的節奏。

「成功了嗎？」逸淙問道。

「嗯！我們快到了！」

突然，茂泉感到右腳徹底濕透，像是踏進了無底的洞穴之中，他想要把右腳拔出之時卻不知踢到了什麼，腳步踉蹌，整個人失去平衡跌在滿是沙石的地上。

逸淙從腰間感受到強烈的拉扯，連帶被摔倒在地上。「衝線了嗎？我們贏了嗎？」視野全被遮蔽的他興奮地問道。

「啊！」茂泉一聲怒吼。「還沒，快點站起來，是我跌倒了。」

兩人迅速站起來，卻在此時再度被深綠色組合反超。此時雨勢漸小，茂泉可以清楚看到終點就在不遠處。

茂泉只管盯着那兩人，拚命地跑，拚命地追，完全沒發覺自己的臉擦傷至流血不止。

他一直跑，直到追過了那兩人才停下腳步。茂泉一抬頭，就看到煦雪。

「我們贏了吧？」膝蓋一時無法站直的茂泉抬頭問道。

目睹茂泉跌倒的煦雪忍不住流下淚水，說道：「嗯，你們做得很好。」

「這應該是勝利的眼淚吧？為什麼你顯得這麼悲傷。」茂泉不解地問。

逸淙彎下腰緊緊擁抱茂泉。「我們輸了。我們是在終點線以後再超過他們的。」逸淙憑着聲音，知道他們是在對手放慢腳步後，仍然全力奔跑好一段距離才衝線，從而得出這個結論。

「我們輸了嗎？」茂泉慢慢意識到逸淙所說的才是事實，激動地抱住逸淙落淚痛哭，「那殘奧會怎麼辦？」

「四年之後還會有吧。」逸淙也流下不甘的眼淚。「不對，現在已是2021年，等三年就會有巴黎奧運。我們到時再努力吧。」

「但是……」茂泉欲言又止。他知道現在不是一個合適的時候告訴逸淙他的決定。

「Saim Bai-noo.（你好嗎？）」這時一個寬臉細眼的蒙古大叔走近，先用蒙古話問好，再以有限的英語勉強拼湊出他想表達的意思。「You Hong Kong Team? You number three.（你們是香港隊嗎？你們第三名。）」

「什麼？」煦雪馬上抹走眼淚，跑去召集處了解。

隔了一會，她轉身向兩人遞出大拇指。

逸淙雖然看不清楚煦雪的手勢，但見到茂泉哭成淚人，他也破涕為笑。

之後他們才知道，原來第二名衝線的的隊伍因為在轉項時犯規而被罰加時，他們因此成為了第三名。

「這次真的可以開開心心地『散Band』了。」頒獎禮過後，笑逐顏開的逸淙說了個諧音笑話，便走去與其他選手以蒙古語問好及道別。

茂泉一邊收拾行裝，一邊回憶今天像過山車般大起大落的經歷。他不得不承認，在比賽前甚至是比賽途中，他也有在腦海演練過賽後訪問的情形。他確實考慮過接受逸淙的建議，在外國電視台訪問他們時公開指證豐的罪行以報仇。但他此刻才發現，原來在逸淙差點被石頭絆倒後，他就已經再沒想過訪問的事。那時候他的全副心神都只放在如何跨步、如何呼吸和如何追趕。

當朝着目標全速前進時，太過在意以往的事，只會增添受傷的風險。

「為什麼你會改變了想法？」訪問結束後，逸淙有點難以置信地問。

「你勇敢的表白讓我明白到活在當下才是最重要。」

「我不信。」逸淙難得地面紅耳赤。

「想不到你也會有覺得難為情的一天。」茂泉竊笑。

「別取笑我了。」

「其實我很享受現在做運動的每一刻，這樣就已經足夠了。即使再有機會受訪，我也只想感謝那些一直支持我的人。」茂泉從褲袋中拿出來自大澳海灘的石頭，彎身向湖面擲出曾經的選擇。他沒在意打水漂的彈跳次數，便與逸淙轉身離去。

FINAL STEP

我們

WONG
HKG

褲袋裏的手機傳來震動，會撥打給茂泉的除了逸淙與煦雪外就只有廣告電話。

「喂？煦雪？」

「泉哥！淙仔是不是與你一起？」話筒傳來煦雪焦急的聲音。

「他不在啊。我自己一個在大澳。」茂泉約了豐討論後續的贊助事宜。

「他一整天也沒回覆，電話也無人接聽。我怕他會做傻事。」

茂泉停下腳步，搔一搔頭皮，問：「他會不會只是睡過頭？別太過擔心。」

「我本也是這樣想，但是在宿舍也找不到他，反而發現了一封遺書。」

「遺書？」茂泉本來想說逸淙總是嬉皮笑臉應該不會自尋短見，但是記起有一個看似豁達的中學同學也曾經自殺未遂，就把去到嘴邊的話吞回。

「他的桌上放着一張紙，清楚交代要怎樣照顧他的貓，報告又寫着他視力變差，然後用大大的字寫着『謝謝』。」煦雪語無倫次地說。「然後他昨天晚上跟我說再見的語氣好像有點不同。我應該要早點察覺的。」

「煦雪，我知道你現在很慌亂，不如你先告訴我，你在哪裏？」茂泉再次開始移動。

「我正在逸淙的宿舍裏。」

「你有找過他的家人嗎？我現在過來找你。」

「但是……」無助的煦雪心情矛盾，不知應否拒絕茂泉的好意。

「不要但是了，我會儘快趕過來。」

煦雪稍為冷靜下來後，再一次將她知道的狀況告訴茂泉。

逸淙自昨晚十一時在電話與煦雪説完再見之後就失去聯絡，煦雪在運動場、健身室及宿舍等地方也找不到他，卻在他的宿舍房間發現一張詳細寫有如何照顧貓，但沒有署名的紙條。除此以外，煦雪還在抽屜看到一份上星期才發出的檢查報告，當中提及逸淙的右眼視力只剩下一成左右，而且會間歇性出現完全失明的情況，第一次發生完全失明正是茂泉不慎從單車跌傷那天。

——難道當時他是因為失明而弄錯了我與他的房間，再隨便胡謅説要給我驚喜？

煦雪最擔心是逸淙因為接受不了完全失明而選擇輕生。她嘗試過聯絡逸淙的家人，但短訊沒人回覆，電話也是未能撥通。

「你有試過直接到他的家找他嗎？」

「我正趕去。我會把地址傳給你。」話筒傳來煦雪斷斷續續的抽泣聲。

「待會見。」

煦雪趕到逸淙住所附近，想要跑去住戶大堂時，見到一班人在聚集圍觀，卻不是在討論天上的月亮，而是地上一個綠色的帳蓬。

警察在帳蓬外拉起了封鎖線，卻抵擋不住已經失去理智的煦雪。她衝到帳蓬旁邊跪在地上，大聲嚎哭，在場的人合力也無法把她拉開。

「淙仔，為什麼你要這麼傻……你不是說會永遠陪在我身邊的嗎？你不是說要再和我去蒙古看雪花嗎？就算你雙目失明，我也不會嫌棄你的，我會將我看到的都描述給你。請你不要離開我……」

「小姐，小姐……」

「你不要吵，我男朋友剛剛自殺死了。倒在裏面的是我男朋友……」煦雪把叫喚她的人甩開。

「怎麼會死了。你的男朋友明明還完好無缺在這裏。」

煦雪回頭一看，竟是她最想念的逸淙。

「你真的是淙仔嗎？」煦雪不斷捶打他的胸口。

逸淙假裝倒下，說：「再這樣被你暴打我就真的快要死了。」

趕到現場的茂泉看到此情景，實在哭笑不得。了解過後，才知道原來逸淙忘了拿手機出門，他一整天都在家中照顧可愛的貓咪，而所謂的遺書其實是逸淙弟弟寫給他的提醒，逸淙一家除了他以外都正在高空三千呎，飛往倫敦的途中。

「你要答應我，永遠都不准離開我。」煦雪伸出尾指。

「但我可能隨時完全失明啊？」逸淙展示他剛買的凸字教科書。

「我不介意。我會好好照顧你的。」煦雪記得逸淙從前很抗拒接受失明人士的生活方式。

「我才不用你照顧。就算我完全失明，我也能好好照顧自己。」逸淙以肯定的語氣說道，然後把煦雪擁入懷中。

二零二一年，東京國立競技場。

「你正在收看的是男子殘疾三項鐵人視障組別的賽事，所有參賽選手與領航員都已經返回田徑場，究竟哪一隊組合能夠率先完成賽事呢？請電視機前的觀眾為史上第一隊代表香港出戰此項目的兩人打氣！」負責現場轉播的鄭煦雪，握着米高峰的手戴着一枚三色的戒指。「身穿印有洋紫荊的紅白色戰衣的是黃逸淙選手與他的領航員……」

現場沒有觀眾，但兩人彷彿聽到此起彼落的歡呼與吶喊聲。

「好想這一刻可以暫停。原來快樂真的可以很簡單。」逸淙與身邊的拍檔説道。

「這可不行。有人正在終點等你回去。」他的拍檔龔茂泉説道。「最後一圈了。」

「堅持多十秒！」二人異口同聲喊道。

後記

我在二零二三年以探討自殺議題的社會/懸疑小說《介錯人》出道，《鐵人1.5》是我的第二本實體書。

在得知我新書的主題時，大部分人的第一反應都是驚訝。當知道我寫的運動項目是三項鐵人時，他們的眼球便瞪得更大，直到我告訴他們這是個視障三項鐵人運動員與領航員之間的故事，他們全都顯得興致盎然，對於我的選擇很是好奇。而我比較好奇的，是他們知道這原本是個穿越故事時的表情。

早在童年我便開始接觸不同運動，伴隨我成長運動的是跑步、游泳及最近特別流行的羽毛球。我還在讀中小學時，幾乎每天下課都有校隊訓練，實力雖算不上是頂尖，但也有拿過一些學界獎牌。不過，我並沒有機會接受更高規格的訓練，唯一一次青年軍的邀請，亦因為不想放棄其他運動而被我拒絕。

之後有頗長的一段日子，當我看見別人奪得佳績時，當我在運動場上經歷失敗時，我經常都會問自己：假若我當初選擇專注發展一項運動，我會有更大的成就嗎？我會有機會成為運動員代表香港嗎？

直到幾年前投身社會，我才發現這想法有多天真幼稚。職業運動員才不是這麼簡單就能當上，尤其是在香港這個以結果論成敗的資本社會之中。要在香港成為職業運動員，單靠天分和努力並不足夠，還需要面對很多現實的挑戰和掙扎，才有機會實現夢想。追夢過程中的辛酸，犧牲的種種事物的代價之大，包括在書中嘗試呈現以及未能盡錄的，一般人確實是難以想像。

「既然沒辦法成為運動員，那就寫一個以運動競技為主題的故事吧。」我很自然地產生了這個想法。之所以選擇三項鐵人作為主題，是因為任性的我想找一項我有少許認識卻不太熟悉的運動來挑戰，碰巧跑步與游泳我都有接觸過，單車好歹也曾經成功環繞台灣一周，所以很快便鎖定了這項挑戰人體極限的運動。至於最終決定寫視障三項鐵人運動員與領航員的故事，並不是因為什麼熱血勵志的理由，單純是因為有一次我在夜跑時街燈壞了，我便索性閉上雙眼，然後就想把那刻的感覺都寫出來，僅此而已。

在修稿的過程中，為了真切體驗筋疲力盡和咬緊牙關的感覺，我認真地練跑和練水，沒訂下什麼遠大的目標，只是堅持每星期跑步三至四次，一星期去一次游泳池，好幾次練得快要缺氧，隔天又會肌肉痠痛。剛開始時每一次都想放棄，跑着游着便習慣了，甚至慢慢懂得享受「為了運動而運動」的感覺。

最後我得出的結論是——假若一件事讓你感到很痛苦，但你仍然願意堅持下去，當中必定帶着愛。

當然也少不了一直支持我，給予我很多寶貴意見的每一個人。

再一次感謝讀到這裏的你。